यही है रास्ता

(उपन्यास)

दस्यु-समर्पण पर
प्रथम आंचलिक उपन्यास

वाणी प्रकाशन

21-ए, दरियागंज, नई दिल्ली-110002

फोन : 011-23273167, 23275710. 41562622

फैक्स : 011-23275710

e-mail : vani prakashan@yahoo.com

यही है रास्ता

रामगोपाल शर्मा 'दिनेश'

वाणी प्रकाशन का लोगो
विख्यात चित्रकार मकबूल फिदा हुसेन
की कूची से

ISBN : 81-8143-468-4

वाणी प्रकाशन
21-ए, दरियागंज, नयी दिल्ली-110002
द्वारा प्रकाशित

प्रथम संस्करण : 1962

द्वितीय संस्करण : 1981

तृतीय संस्करण : 2006

मूल्य : 150.00

आवरण : वाणी चित्रांकन

शुभम् आफॅसेट, दिल्ली-110032
द्वारा मुद्रित

YEHI HAI RASTA (Novel)
by **Ramgopal Sharma 'Dinesh'**

अथ

एक

समाधिस्थ योगी की तरह हिमालय के गगन-चुम्बी शिखर एक विचित्र शान्ति में खोये हुए हैं। ...शान्ति...सर्वत्र शान्ति....सुनसान...सन्नाटा...यहाँ तक कि झींगुर की झंकार भी सुनाई नहीं देती।

...पहाड़ियाँ...इधर...उधर...सर्वत्र पहाड़ियाँ... चारों ओर ऊँची चोटियाँ... और उन पर चाँदी की पालिश की तरह नीचे से ऊपर तक फैली हुई है बर्फ!

न कहीं पेड़ हैं, न झाड़ियाँ, न लताएँ। ...दूर-दूर तक चारों ओर वैष्णव सन्त के सिर की तरह खल्वाट चमकती बर्फीली ढलानें...और उनके बीच ग्रीष्म की ध ूप में पिघल कर बहते झरने।

यहीं...इसी वातावरण में पर्वत की छाती पर...चाँदनी-भरे आकाश को चीरती आकाश गंगा-सी शेषनाग नदी। ...शेषनाग की तरह ही सोयी हुई-सी यह नदी भीतर कितनी स्पन्दित है...कितनी तेज गति से बह रही है!

पर उसकी गति को चन्दन क्या समझे? उसे अपने मनोशिखर की ऊबड़-खाबड़ गलियों से गुजरती हुई चेतना के स्पन्दन गिनने से ही अवकाश नहीं, जो वह बाहर झाँक सके...देख सके शेषनाग नदी के ऊपर विश्राम करती उस शान्ति को, जो उसने भीतरी स्पन्दन को संयत करने के फलस्वरूप प्राप्त की है।

चन्दन को अमरनाथ के इस मार्ग में आए हुए आज सातवाँ दिन है, किन्तु वह जन-जगत से दूर, बहुत दूर, होने पर भी प्रकृति की इस शान्त गोद में बैठकर भी, अन्तर्द्वन्द्व से बाहर नहीं आ सका है। बाहर की शान्ति, पर्वत की जड़ता, बर्फ की शीतलता...यह सब कुछ उसके मन को शान्ति देने में असमर्थ है।

आज चंदन की वह समस्त भोजन-सामग्री समाप्त हो चुकी है, जिसकी वह मार्ग में यहाँ तक आने के लिए व्यवस्था कर सका है।

वह योगियों-जैसे वस्त्र पहने हुए है...बाल और दाढ़ी-मूँछ तो पहले से बढ़े हुए हैं ही...पेट ने भी आज से उपवास का सहारा लेकर योगी की संज्ञा के निकट पहुँचाने में सहारा देना आरम्भ कर दिया है।

किन्तु, चंदन का मन अब भी योग-सीमाओं के बाहर है—बहुत दूर, उतना ही दूर, जितना दूर चंदन आ गया है; उतना ही नीचा, जितना ऊँचा वह चढ़ आया है...और उतना ही घबराता, टकराता एवं भटकता हुआ जितना शान्त, स्थिर एवं निश्चिन्त चन्दन का शरीर है।

वह बहुत चेष्टा करता है मन को पकड़ने, बाँध रखने और सुषुप्त बना देने की, किन्तु उसकी समस्त चेष्टाएँ उसी प्रकार व्यर्थ जाती हैं, जिस प्रकार एटम, हाइड्रोजन और स्पूतनिक बनाकर विश्व-शान्ति को पकड़ने के लिए प्रयत्नशील विज्ञानवेत्ता की चेष्टाएँ।

उसका मन दौड़ रहा है। ...वह उसे पकड़ने के लिए लपकता है...और विवश बना-सा देखने लगता है...

घने जंगलों और डाँगों में होकर अल्हड़ गति से चम्बल बह रही है— मदमाती, धरती की छाती चीरती, करारें गिराती और बड़े-बड़े तेज बहने वाले खारों का गँदला, फेन के बुलबुलों से भरा, झाड़-झंखाड़ों को बहा लाने वाला जल-प्रवाह अपनी गोदी में समेटती हुई।

...बरसात है, घोर बरसात! ऐसी बरसात कि चम्बल की धारा अपनी श्वेत-बादामी बालू के पूरे फैलाव पर लेटकर किनारों के ऊपर दूर-दूर तक करवटें लेने लगी है।

...आधी रात और बादलों के कारण ऊपर-नीचे सर्वत्र घना अँधेरा। चम्बल के जल में रात का सन्नाटा खर्राटे ले रहा है। ऐसी भयानक ध्वनि गूँज रही है आस-पास के खारों, भरिकों और करारों पर कि यमराज भी यदि एक बार उधर घूम पड़े, तो डर जाय! किनारे के पेड़ अंधकार की चादर ओढ़े सिकुड़े भयभीत-से उस भयानक वातावरण में विषैली साँसे गिन रहे हैं। कभी-कभी सहसा करारों के भाग जल के आघातों से टूट कर धारा में गिर पड़ते हैं, तो दूर तक अर्र्र्-छप्प की भयानक ध्वनि फैल जाती है। लगता है, कोई विशालकाय जल-जन्तु किनारे पर आकर फिर उसी में कूद गया है।

...आकाश में बिजली कड़कती है...चमकती है और एक क्षण के लिए चम्बल का उफनता हुआ उन्मादी यौवन नजर पड़ जाता है। किनारे की ऊँची करारों पर, चम्बल की बाहों से पर्याप्त दूर, पेड़ों के नीचे यत्र-तत्र बिखरे-बिखरे सोये हुए कई बन्दूकधारी।

...सब अलग-अलग सो रहे हैं, बहुत थके हुए, गहरी नींद में बहुत गहरे उतरे हुए बन्दूकधारी! संख्या में होंगे कोई बीस-इक्कीस। सबके-सब एक दूसरे से दूर, पर इतने पास कि एक चौंके तो सब चौंके, एक के पास खटका हो तो सब सुनें, एक आँख खोले तो सब खड़े हो जायें।

..हर एक के गले में कारतूस की मालाएँ पड़ी हैं और हर एक ही बगल में बाएँ हाथ से दबी हुई एक-एक बन्दूक।

...इन्होंने न तो अपने देशी चमरौधे जूते उतारे हैं, न वस्त्र ढीले किये हैं। सब के सब ऐसे लेट रहे हैं, जैसे किसी फौज की बहुत चालाक टुकड़ी सावधान होकर पड़ी हो।

...और बिजली फिर कौंधती है। दूर-दूर, इन सोये हुए बन्दूकधारियों से लगभग एक-एक फर्लांग दूर, चारों दिशाओं में पेड़ों का सहारा लिये दो-दो बन्दूकधारी सन्नद्ध-सतर्क खड़े पहरा दे रहे हैं।

...और इनसे भी दूर दक्षिण की ओर एक झाड़ी के पास भरिका में वह आग जल रही है। यहाँ चार हाथ बहुत फुर्ती के साथ रोटियाँ बनाने और सेकने में लगे हैं। रोटियों का ढेर लग गया है एक बिछी हुई चादर पर। पानी बरसने की आशंका है, इसलिए आग बुझने के भय के कारण वे हाथ आवश्यकता से अधिक तेज चल रहे हैं। इन हाथों में दो हाथ हैं चन्दन के।

तभी सहसा उसका ध्यान टूटा। ...मैं भूखा हूँ। वे रोटियाँ। ...ओह! वे रोटियाँ। ...हाँ बनाई थीं कभी चम्बल के किनारे उस जंगल में! किन्तु आज तो मैं चम्बल से बहुत दूर शेषनाग नदी के किनारे हूँ। भरिका में नहीं, बहुत ऊँचे हिमालय के इस शिखर पर! ...और भूखा हूँ।

आह री भूख! तू कहीं भी इन्सान का साथ नहीं छोड़ती। तभी तो वह इतना पतित है कि देवता उससे अपनी पूजा कराते हैं और राक्षस उसका खून पीते हैं।

खून!

खून तो मैं भी पीता था। खून! दिन-रात खून! आदमी का खून, औरत का खून, मासूम बच्चों का खून!

और सहसा उसका मन फिर कहीं बहुत दूर भटक गया।...

...रात का प्रथम प्रहर ही चल रहा है कि चन्दन के नेतृत्व में 25 बन्दूकधारियों की एक टुकड़ी चम्बल के उत्तरी किनारे के जंगल में बसे, किन्तु मैदान से मिले, मऊ गाँव के निकट जा पहुँची है और चन्दन का मुखबिर चला गया है गाँव के भीतर। जानने योग्य बातों का पता लगा कर लौट आया है वह।

...अभी स्त्री-पुरुष सोए भी नहीं हैं। कुछ खेतों में काम करके लौटे हैं, कुछ अपने जानवरों को साँनी-चारा देकर निवृत्त हुए हैं, कुछ दरवाजों पर बैठ कर हुक्का-चिलम पी रहे हैं। एक-दो द्वारों पर छप्परों के नीचे टिमटिमाते दीपकों के प्रकाश में झुकी कमर वाले बूढ़े आदमी दीवार का सहारा लिये तोता-मैना और परियों की कहानियाँ बच्चों को सुना रहे हैं। कुछ दरवाजों पर पड़ौस की औरतें भी आ बैठी हैं और वे घर-गृहस्थी की बातें करके दिनभर के थके-मांदे तन-मन को बहला रही हैं। ठाकुर गजाधर सिंह के द्वार पर आल्हा का प्रबन्ध किया गया

है। अभी एक लालटेन आ सकी है और गाने वाले आ बैठे हैं। गजाधर सिंह एक ओर चारपाई पर बैठे हुक्के का कश ले रहे हैं। ढोलक बजाने वाला ढोलक की आवाज ठीक कर रहा है।

...थम्...थम्...ठन्न...टन्...टन्...टन्न...धम् धम्...धम्म! ...और फिर वह डोरियों में कसाव देता है। ऐसे कसाव कि ढोलक में मीठी गूँज पैदा हो जाती है। वह चार हाथ लगाकर उसकी जाँच करता है। आवाज गाँव के चारों छोरों को छूती हुई छोटे-बड़े सबके दिल में बैठ जाती है। बच्चे घरों से दौड़ते हैं। ओहो! ...हो. ..! आ...आ...हा! आज ठाकुर की चौपाल में आल्हा होगी आल्हा! ...आह्लाद का अपार समुद्र समस्त गाँव में उमड़ पड़ता है। बूढ़े-बड़े सभी लोग घर के काम-काज से निवृत्त होकर उधर चल देते हैं। कुछ ही क्षणों में ठाकुर के दरवाजे पर बिछा पीढ़ियों पुराना, जहाँ-तहाँ फटा, लम्बा-चौड़ा फर्श भीड़ से भर जाता है। कुछ यों ही धरती पर बैठ गये हैं, कुछ सामने के चबूतरे पर जा डटे हैं और कुछ दाएँ-बाएँ खड़े पेड़ों के सहारे टिक गए हैं।

...ढोलक ठनक रही है। हारमोनियम भी आ गया है और उससे स र ग म की मधुर ध्वनि निकल रही है।

...और तभी सहसा आल्हा गाने वाला सुमिरनी पूरी करके धीरे-धीरे जोश में आकर खड़ा हो गया है। उसके दोनों हाथ अभिनय-सा कर रहे हैं और वह गा रहा है ऊदल का ब्याह, माड़ों की लड़ाई। हवा में गूँज रहा है—

"जिनके बैरी जीवित रहिगै
तिनिके जीवेकौं धिक्कार।"

...और इस आवाज के साथ फड़क उठी हैं श्रोताओं की भुजाएँ। हृदय में बिजली-सी कौंध उठी है, आँखों में खून उतर आया है। कुछ लोग गाने वालों के साथ मन्द ध्वनि में दुहरा रहे हैं—

"डूबि मरैं चुल्लू पानी में
जे नहिं लेहिं बाप के दाइ।।"

...तभी सहसा गाँव के दूसरे छोर से कोलाहल उठता है और बन्दूकों की आवाजें...ठायँ! ...ठायँ!! ...ठायँ!!!

...आकाश में गोली फटती है...प्रकाश...प्रकाश...एक क्षण के लिए समस्त गाँव को चमका देने वाला प्रकाश!

...और फिर रोने, चिल्लाने, बिलबिलाने और भगदड़ का भयंकर वातावरण!

...एक साथ कई बन्दूकें चलती हैं।

...फिर चलती हैं...धायँ...धायँ...धायँ...धायँ...धायँ...धायँ।

...और इधर ठाकुर की चौपाल सूनी हो गई है। सभी लोग, बूढ़े-बच्चे, सब भाग गए हैं गाँव छोड़कर खेतों की ओर।

...वे भागे जा रहे हैं—बेतहाशा भागे जा रहे हैं। कोई गिर गया है, फिर उठ बैठा है और भाग चला है। कोई किसी पेड़ से चिपक गया है, मानो जड़ हो गया है।

...ठाकुर गजाधर सिंह घर में घुस गए हैं, क्योंकि उनके पास बन्दूक है। वे हड़बडाए-से कारतूसों की माला ढूँढ़ रहे हैं, बन्दूक तलाश कर रहे हैं।

...हैं! ...हाथों को आज क्या हो गया है? बन्दूक में कारतूस डालते हैं, तो अँगुलियाँ हिल जाती हैं और कारतूस नीचे गिर जाता है। ...वे झुकते हैं और उसे उठाकर फिर बन्दूक में डालते हैं। भय से अँगुलियाँ फिर काँपती हैं और वह गिर जाता है...

...इस बार उनकी बन्दूक में कारतूस चले गए हैं और उनके दम में दम आ गया है। वे चढ़ गए हैं अपने दुमंजिले मकान की पुरानी छत पर अपनी रक्षा के लिए। वे अपने घर में अकेले हैं। उनकी विधवा बहिन उनके साथ रहती थी, पर इस समय वह भी अपनी ससुराल में है। अकेले हैं वे—बिल्कुल अकेले! पर प्राणों का मोह इतना है कि हाथ में भरी हुई बन्दूक होने पर भी छत पर खड़े होकर गाँव में क्या हो रहा है, यह देख नहीं सकते। छत पर पोजीशन लिए खड़े हैं, दीवार के एक छेद से गोली चलाकर अपनी रक्षा के इरादे से। पूरे गाँव में केवल यही एक बन्दूक है। क्या यह बन्दूक है? जिसे अपनी रक्षा में भी विश्वास नहीं, यह कैसी बन्दूक है? ...पर गजाधर इतना सोचने के लिए विवश नहीं।

धायँ...! धायँ...!! धायँ...!!! ...और फिर एक साथ कई चीत्कारें... कई करुण पुकारें।

...गाँव की हर गली के मोड़ पर एक-एक बन्दूकधारी खड़ा आने-जाने वालों को रोक देता है। शक होने पर गोली मार देता है। एक, दो, चार, न जाने कितने हैं ये? हर घर में एक-दो घुसे हैं। किसी औरत के सिर पर मिट्टी के तेल की बोतल उड़ेल कर आग लगा रहे हैं, किसी को चारपाई से बाँधकर उसके घर के सब गहने-कपड़े समेट रहे हैं, कहीं औरत अकड़ गई है, हाथापाई करने लगी है, तो "धायँ" के साथ उसके सीने से गोली पार निकलती नजर आती है।

...10 मिनट ...20 मिनट...आधा घण्टा...यह लो पूरा एक घण्टा हो गया। पूरा गाँव लुट चुका है, बन्दूकधारी एक भी नहीं मरा, समस्त गाँव का सोना-चाँदी चद्दरों में बाँधा जा रहा है, कुछ लोग चम्बल की ओर चल पड़े हैं।

...किन्तु अभी आधे से ज्यादा बन्दूकधारी गाँव से बाहर नहीं गए।

...तभी एक बन्दूकधारी सीटी बजाकर सबको संकेत से अपने पास बुलाता है।

...इकट्ठे होते-होते एक का ध्यान गजाधर की हवेली की ओर जाता है।

...'वहाँ नहीं चलोगे सरदार?'

...तभी दूसरी आवाज आती है– 'नहीं सरदार, वहाँ चलना ठीक नहीं, उसके पास बन्दूक है।'

...'तब तो अवश्य चलना होगा। ...मैं समझता हूँ, अब वहाँ कोई आदमी नहीं होगा। आल्हा सुनने वाले सब भाग चुके हैं। गजाधर भी भाग गया होगा। जल्दी करो, उसकी बन्दूक घर पर ही होगी।'

...और देखेते-देखते कई बन्दूकधारी गजाधर की छाती पर आ खड़े हुए हैं। वे बन्दू छीनकर उसमें ठोकर लगाते हैं और खड़ा करके उसकी कारतूसों की माला उतार लेते हैं।

...ठाकुर गजाधर सिंह शिशिर में थरथराते ठूँठ की तरह काँप रहे हैं– घिघिया रहे हैं।

...'कहाँ है तिजोरी की चाबी?'

...ठाकुर की आँखें फट रही हैं, कानों के पर्दे बज रहे हैं, पर आवाज नहीं निकलती।

...सहसा बन्दूक की नली उनकी कमर पर पड़ती है।

...और उसके साथ चाबी का गुच्छा उनकी जड़ उँगलियों के सहारे भीतरी जेब से निकलकर छन्न से धरती पर जा गिरता है।

...और ठाकुर गजाधर सिंह की तिजौरी खाली हो चुकी है। बन्दूक अपने परिवार में जा मिली है। बन्दूकधारी नौ-दो ग्यारह हो चुके हैं।

...सारा गाँव दाँव हारे जुआरी की तरह सुन्न पड़ा है, केवल गजाधर की छत से आवाज आ रही है।

...पुलिस! ...पुलिस कहाँ मर गई? एक घण्टे तक गाँव लुटता रहा, अभी तक पुलिस नहीं आई। दो मील थाना है जहाँ सात सौ सशस्त्र सिपाही रहते हैं, पर एक भी मेरी रक्षा के लिए नहीं आया।

...उसका बड़बड़ाना अभी बन्द नहीं हुआ।

...हराम की खाते हैं सब। अब सुबह आएँगे और हमें भी तंग करेंगे। गोलियों की आवाजें उनके कानों तक तो पहुँची ही होंगी, पर अभी तक मोटरों से भी वे यहाँ तक नहीं आ सके।

...तभी नीचे से आवाज आती है।

...ठाकुर! बन्दूक तो तुम्हारे भी पास थी, पर तुमने तो एक भी कारतूस नहीं फूँका। तुम्हें तो आत्म-रक्षा करनी थी। जब तुम्हीं अपनी रक्षा के लिए अपने सिपाही को नहीं जगा सके, तब वे जो कोसों दूर रहने वाले अपने बीबी-बच्चों का पेट पालने को यहाँ पचास-साठ रुपयों पर पड़े हैं, तुम्हारी रक्षा के लिए क्यों आते? ...और कैसे आते जब तुम या हममें से कोई भी वहाँ तक खबर देने का साहस नहीं कर सकता?

...गजाधर के कान इस आवाज का प्रत्येक शब्द ध्यान से सुनते रहे—समझते रहे और फिर आवाज पहचान कर बोले—धनराज भैया! तुम ठीक कहते

हो। ऊपर आ जाओ—जो होना था सो हो चुका। अब किसी को दोष देना व्यर्थ है। तुमने पहचाना यह किसका गिरोह था भैया?

...धनराज ने आत्म-विश्वास के साथ कहा— "वही दादा दानसिंह का! वही एक ऐसा गिरोह है, जो इतनी बहादुरी से जमकर लूट कर सकता है। अन्य किसमें इतनी हिम्मत है ठाकुर?

...नहीं धनराज, ऐसा नहीं हो सकता। एक ठाकुर दूसरे ठाकुर की लूट करे, बन्दूक छीन ले जाय, यह समझ में नहीं आता। माखन का गिरोह रहा होगा।

...नहीं गजाधर! माखन भी तो ठाकुर है। धरमचन्द अपनी टुकड़ी के साथ इधर मुड़ पड़ा जान पड़ता है।

...पर गाँव में ब्राह्मण घर भी तो हैं। वे भी तो लुट गए जान पड़ते हैं। धरमचन्द नहीं हो सकता।

...तो निश्चित ही किसी धोबी, चमार या मल्लाह का गिरोह आया है। पर ठाकुर, यह भी कैसे हो सकता है? गाँव के धोबी—धानुक तक सब लुट गये हैं, मैं अभी डरता-डरता एक चक्कर लगाकर उधर से ही आ रहा हूँ।

...तभी गजाधर के दिमाग की भूमिका बदली—धनराज! हम सोच ही गलत रहे हैं! डाकू के लिए क्या ठाकुर क्या ब्राह्मण? उसका किससे नाता? बन्दूक ही उसका सबसे बड़ा धर्म है। किसी का भी गिरोह हो, पर हम सब लुट गए और यों ही लुटते रहेंगे, यह सबसे बड़ा सत्य है।

...धनराज ने सिर हिलाकर उसका समर्थन करते हुए कहा—ठीक कहते हो ठाकुर! हम सब लुटने के लिए ही बनाए हैं। रात में इन्होंने लूटा है और दिन में पुलिस पेरशान करेगी। पर क्यों? कभी इस पर भी विचार करो। इसलिए न कि हम सब अपनी रक्षा के लिए दूसरों पर निर्भर हैं। उन पर निर्भर हैं जो जान देने नहीं, जीवन चलाने के लिए नौकरी करने यहाँ आते हैं। उन्हें नौकरी करनी है, तो तुम्हें परेशान होना ही पड़ेगा।

...बातें कर रहे हैं। दोनों छत पर बातें कर रहे हैं। अब भी बातें कर रहे हैं और नीचे खड़ा सुन रहा है उनकी सब बातें चन्दन का मुखबिर!

...मुखबिर, जिसे अभी-अभी जाकर सब सूचना चन्दन को देनी है। ठाकुर गजाधर की चौपाल से डाकू-विरोधी क्या कार्यवाही पुलिस से जा जुड़ती है, यह पता लगाकर उसे अपने सरदार चन्दन को सचेत करना है, ताकि सुरक्षा का आगामी कार्यक्रम निश्चित किया जा सके! प्रत्येक गिरोह का प्रत्येक डाकू जानता है कि उनके लिए पुलिस का उतना बड़ा खतरा डाका डालते समय नहीं जितना बड़ा खतरा बाद में भागते समय होता है, क्योंकि डाका पड़ चुकने के बाद चारों ओर से घेरा डालकर डाकुओं को पकड़ने की योजना कार्यान्वित करती है।

...और यह आ गया है मुखबिर अपने सरदार के पास चम्बल के खारों में! ...यहाँ जहाँ कोई भी सवारी नहीं आ सकती, हवाई जहाज से भी जहाँ घने पेड़ों के नीचे बैठे जीवों को आतंकित नहीं किया जा सकता, वहाँ विश्राम कर रहे हैं चंदन के साथी!

...और चन्दन...चन्दन!

तभी चन्दन की चेतना जाग उठी!

वह हिमालय की ऊँची चोटी पर है...पर उसकी आँखें अब भी उसकी छाया को उसी जंगल में देख रही हैं... घरघराती चम्बल...गरजते बादल...गाँव में आल्हा की गूँज...फिर धायँ...धायँ...हत्याएँ...जेवर...कपड़े...गजाधर की बन्दूक...और वह मुखबिर!

दो

किन्तु, अब चन्दन उस दुनिया में नहीं है।

यह हिमालय जितना ऊँचा है, उतना ही ऊँचा हृदय लेकर यहाँ यात्रा करने वाले इंसान भी आ और जा रहे हैं।

चन्दन भूखा है...

पर अब वह भूखा नहीं रह सकता...

भूख उसके मुख पर आते-आते किसी के दान से तृप्त हो जाती है।

लोग उसके गैरिक वस्त्रों में किसी देवता का दर्शन पाते हैं और उसे चढ़ाते हैं अपनी श्रद्धा का सबसे कीमती दान।

और चन्दन सोच रहा है...अब मैं दूसरी दुनिया में आ गया हूँ।

...ऐसी दुनिया जहाँ आदमी रोटी से नहीं प्यार से जिन्दा है।

और तभी चन्दन सोचता है...यह प्यार जो इतना सहज है, आदमी की जिन्दगी है!

उफ!...

तो मैं अब तक रोटी के पीछे मौत का सौदा करता रहा!

हाँ, मौत का सौदा...मौत का सौदा ही तो था वह!

...वह सब मैंने क्यों किया?

...और तभी चन्दन की स्मृति में उसका बचपन जाग उठता है...प्यार-भरा बचपन। माँ-बाप, चाचा-चाची, भाई-बहिन, भतीजी-भतीजे, सब के प्यार और दुलार से भरा बचपन।

...पर इस बचपन में भी कोई चीज ऐसी है, जो उसके पास नहीं है।

...वह अपने दुमंजिले मकान की छत पर पतंग उड़ाता हुआ, सीढ़ियों से उतरकर दरवाजे से निकलता हुआ, बाजार में साग खरीदने वालों में इधर-उधर नजर दौड़ाता हुआ, स्कूल में, कालेज में, लड़कियों की सीट से कुछ हटकर बैठा हुआ, सड़क पर किसी साइकिल पर उड़ती गुलाबी चुन्नी का अपनी साइकिल से पीछा करते-करते...उसी चीज की खोज में पागल हो रहा है।

...क्यों?

...क्योंकि उसके बिना उसका प्यार अधूरा है, उसकी जिन्दगी अधूरी है।

...एक दिन मिल गया है उसे वह प्यार।

...एक नवयुवती की आँखें उसमें अपनी तस्वीर देखने लगी हैं। वह उन आँखों का दर्पण बन गया है। वह प्यार की सरिता के निकट पहुँच गया है।

...पर उस सरिता की दिशा जिधर है, उधर उसको बहने नहीं दिया जा सकता, अधिक दूर तक वह उसके किनारे भी नहीं चल सकता।

...वह प्रतिमा है...बहुत सुन्दर...बहुत मनोरम...चलती है तो पवन भी झूम उठता है, गंध में अँगड़ाइयाँ भर जाती हैं...आँख उठाती है तो परछाइयाँ भी देखने लगती हैं... गाती है तो पाषाण भी झूमने लगते हैं।

...और वह प्रतिमा सहपाठिनी होने के नाते उसके घर भी आने-जाने लगी है। ...चन्दन उसके साथ सुबह की धूप की तरह पुलकता-फुदकता नजर आने लगा है।

...पर उसे क्या पता कि वह प्रतिमा प्यार नहीं उसकी वासनाओं की प्रतिच्छाया है।

...और वह उससे बचता-बचता चाहता है केवल प्यार! उसके रूप का भ्रमर बनकर भी हृदय की निर्मलता का अजस्र स्रोत—केवल प्यार!

...प्रतिमा कॉलेज जाती है...इसीलिए कि उसे अपने जीवन-साथी की स्वयं खोज करनी है...पिता की इच्छा के विरुद्ध...कुल की परम्परा के विरुद्ध ...पिता की कुल-मर्यादा को ठुकरा कर वह चन्दन के साथ अन्तर्जातीय विवाह करेगी, क्योंकि अपनी ही जाति में विवाह करने की विवशता के कारण उसकी बहिन के फेरे एक ऐसे बूढ़े खूसट से डाले गए हैं, जिसके पहली पत्नी से सात सन्तानें हैं...देखने में एकदम काला कुरूप।

...पर प्रतिमा का पिता यह नहीं चाहता तो वह चन्दन उसके साथ क्यों आता-जाता है? ...चन्दन का पिता उसे क्यों नहीं रोकता? अरे! आज तो प्रतिमा भरे बाजार में चन्दन की साइकिल पर बैठकर जा रही है। ...मेरी आँखें यह सब देखती ही रहें...पड़ौस की औरतें/ठीक ही कहती हैं...प्रतिमा नाक कटा रही है. ..कुल की इज्जत पर खाक डाल रही है...नहीं, नहीं, चन्दन का बाप यह सब करा रहा है। ...उसने अपने बेटे को क्यों नहीं टोका...क्यों नहीं ताड़ना दी? ...यह उसकी शरारत है। वह नीच मेरी लड़की को अपनी पुत्र-वधू बनाना चाहता है. ..हाँ, तो आज उसी को देखूँगा। ...इस नगर के निकट से निकलते समय चम्बल को कल एक लाश समर्पित नहीं हुई, तो मेरे कुल का यह कलंक कैसे धुलेगा?

...और उसी रात को चन्दन का पिता घूमकर लौटते समय काटकर फेंक दिया गया है चम्बल में।

...चम्बल में उसके पिता की लाश।

...चन्दन तिलमिला उठा है इस घटना से।

...प्यार! ...प्यार नहीं चाहता अब वह।

...अब वह प्रतिशोध चाहता है।

...प्रतिशोध।

...भयंकर प्रतिशोध।

...ऐसा प्रतिशोध, जो चम्बल को प्रतिमा के पिता की लाश समर्पित किए बिना शान्त नहीं हो सकता।

...यही तो वह आग है, जो धरती के भीतर धधककर भूचाल बनती है... समुद्र में हवा से उफनकर तूफान बनती है...आकाश में टूटते तारों में बिखरकर उल्कापात बनती है।

...चन्दन इसी आग में जल उठा है।

...और सहसा एक दिन कोटा नगर में खबर फैलती है, अखबारों में समाचार छपता है...इक्कीस वर्षीय एक नवयुवक विद्यार्थी चन्दन अपने पिता के तथाकथित हत्यारे को मारका फरार हो गया।

...फरार!

...बागी!

...डाकू!

...जो कुछ भी कहो। वह उसी दिन से फरार है...उसी दिन से बागी है... उसी दिन से डाकू है।

और सहसा चेतना ने फिर चन्दन को झकझोर दिया...प्यार। इन यात्रियों का प्यार! ये एक अनजाने पुराने बागी को रोटी दे रहे हैं, वस्त्र दान कर रहे हैं, साधू समझ रहे हैं। इन बेचारों को यह मालूम नहीं कि यह प्यार ही आदमी को बागी बनाता है, प्यार का दान ही प्रतिशोध को जन्म देता है।

...आह! प्यार की भूमि में प्रतिशोध का विषवृक्ष पैदा होता है। देखने वाले प्यार के समुद्र को बड़वाग्नि से पाट देते हैं। दूर-दूर उड़ने वाले प्यार के आसमान को अपनी स्पृहा की उल्काओं से भर देते हैं।

...तब प्यार का प्यासा बगावत क्यों न करे?

...और सहसा उसकी चेतना को फिर एक झटका लगा।

उसने देखा—उससे उम्र में कुछ कम, काले लहराते बालों वाली एक नारी संन्यस्त दशा में यात्रियों के एक दल में जल्दी-जल्दी बढ़ी चली आ रही है।

वह बहुत देर तक उसे ध्यान से देखता रहा...

वह पास आती गई...

चन्दन की स्मृतियाँ जागती गईं...

वह सोचता रहा...सोचता रहा...सोचता रहा।

नारी आगे निकल गई...

चन्दन उसे पीछे से देखता रहा...देखता रहा।

सहसा उसे ध्यान आया, वह प्रतिमा है। कई साल पहले जब उसने प्रतिमा के परिवार को एक मोटर रोककर लूटा था, लुटने वाले बुरी तरह रो रहे थे, प्रतिमा की विधवा माँ जिस गहने को पुत्री के ब्याह के लिए सुरक्षित रखे थी, उसे लुटता देख भयंकर चीत्कार कर धरती पर गिर पड़ी थी, बेहोश हो गई थी। प्रतिमा भी थी उस मोटर में, पर चन्दन के गिरोह ने उससे हाथ भी नहीं लगाया था, और इसीलिए वह सकपकाई-सी एक ओर खड़ी बहुत देर तक सोचती रही थी डाकुओं के आचरण के विषय में। पर शीघ्र ही उसके दिमाग के एक कोने में शंका उठी थी, इस डाकू-दल का नेता चन्दन ही तो नहीं... तभी उसने लूटने वालों में चन्दन को पहचान लिया था... चन्दन! हाँ वह चंदन ही तो है। ...वही लम्बा कद... छरहरा शरीर...ताँबियाँ बाल...बड़ी-बड़ी भुजाएँ...भरा हुआ चेहरा...पर अब गोरे मुख पर दाढ़ी बढ़ रही है...मूँछें ऐंठ रही हैं।

...हाँ वही तो था चन्दन!

...चन्दन! ...चन्दन! वह पुकार उठी थी...पर उत्तर न मिलने पर फिर सहम गई थी...माँ के बेहोश कानों ने सुन लिये थे वे शब्द!

...और जब चन्दन लूट पूरी करके चलने लगा था, तब प्रतिमा की माँ बड़बड़ा उठी थी..

...सर्वनाश हो गया...चन्दन ने अंगारा बनकर घर में आग लगा दी, पर इस कलंकिनी ने उसका ध्यान नहीं छोड़ा। पिता को खा गई यह बेहया! दो घर बरबाद हो गये इसके कारण...और अब भी चन्दन को पुकार रही है, जैसे कि वही सब जगह इसकी रक्षा करेगा!

...और प्रतिमा, माँ की बात को अनसुना कर फिर पुकार उठी थी।

...चन्दन! ...ओ चन्दन! तू आदमी नहीं रहा, पाषण बन गया है... प्यार को तूने प्रतिशोध बना दिया है... ऐसा प्रतिशोध जिसकी कोई सीमा नहीं...पर मैं अब भी वही प्रतिमा हूँ... पिता के बलिदान ने भी मेरे प्यार को संकुचित नहीं किया. .. वह भले ही मांसलता से उद्‌भूत हो, पर जब उसमें आत्मोत्सर्ग का भाव आ गया तो वह भौतिक शरीर तक सीमित नहीं रहा...आत्मा से जुड़ गया वह! .. .और सदैव प्रतिशोध से तेरे प्यार को मुक्त करने की चेष्टा करता रहा। ...मैंने तेरे लिए पत्र भेजने की कोशिश की, पर भाग्य ने साथ न दिया... आज माँ-बहनों को लुटाकर भी मैं हारी नहीं, तेरे प्रतिशोध में दबे तेरे प्यार की कसक को पा गई हूँ।

...मेरी आत्मा की कसक को वह समझ गई है... वह मेरे प्रतिशोध के अंगारों को हटाकर भीतर के सरोवर को झाँक आई है! ...उहँ! होगा... और बढ़ते ही चले गये थे चन्दन के कदम!

...प्रतिमा न जाने और क्या-क्या कहती रही, पर दूर जाते-जाते चन्दन ने उसकी ये पंक्तियाँ सुन ली थीं–

...तू प्रतिशोध को प्यार की बलि देकर आदमी से हैवान बन गया चन्दन!. .. पर मैं तुझे हैवान से आदमी बनाने के लिए अपना सर्वस्व प्यार पर निछावर करूँगी...आज से ही संन्यासिनी बनूँगी और घूम-घूमकर हर कँटीली राह में प्यार के फूल बिछाऊँगी।

...प्यार के फूल संन्यासिनी बनकर बिछाएगी वह!

और फिर सहसा स्मृतियों के पंखों पर उड़ती-उड़ती प्रतिमा चन्दन की आँखों में आ गई...हिमालय के शिखर पर उतर गई... उस नारी की छाया बन गई, जो अभी-अभी आगे निकल गई थी!

चन्दन चौंक पड़ा...चिल्ला उठा...प्रतिमा! संन्यासिनी प्रतिमा!

और उसने देखा...

वह नारी रुक गई है...

खड़ी-खड़ी सोचती रही है...

फिर कुछ सोचकर मुड़ पड़ी है उसकी ओर!

तीन

आज हिमालय की गोदी में कई हजार फीट की ऊँचाई पर भरी विशाल शेषनाग झील में दो परछाइयाँ प्यार के आकाश में उड़ने वाले किन्हीं नर-मादा पंछियों की हैं!

हिमाच्छादित शिखरों पर चाँदनी के पारावार में तैरता हुआ चाँद उन परछाइयों को लालच भरी आँखों से देख रहा था। अमरनाथ के यात्री वहाँ तक आने से पहले ही लौट गए थे, क्योंकि चीनी सिपाहियों द्वारा पकड़े जाने का खतरा निरन्तर बढ़ता जा रहा था। पर झील की परछाइयों को जन्म देने वाले स्त्री-पुरुष बिना किसी भय के वहाँ तक आ गये थे...अपने लिए एकान्त बिलकुल एकान्त वातावरण की खोज में, ऐसे वातावरण की खोज में जहाँ आदमी की सूरत भी दिखाई न दे।

और सचमुच शेषनाग ऐसा ही स्थान है जहाँ इन दो प्राणियों के अतिरिक्त तीसरे इंसान की आज कल्पना भी नहीं की जा सकती थी, क्योंकि तिब्बत पर अधिकार करने के पश्चात् अमरनाथ की यात्रा को चीनी सैनिकों ने संकटापन्न

बना दिया था। पर इन दोनों के लिए मृत्यु मानो कोई खतरा ही नहीं थी। जीवन को वे ईश्वर का क्रूरता से भरा हुआ एक खेल समझते थे। लौटने वाले यात्रियों ने इन्हें भी आगे न जाने की राय दी थी...

"आगे जाने वाले लौटकर नहीं आते, संन्यासी!"

एक आवाज ने समझाया था।

..."चीनी सैनिक तुम्हें गोली से उड़ा देंगे या पकड़ ले जाएँगे और अत्याचारों की चक्की में पीस देंगे। ...संन्यासी! आगे मत जाओ। आगे जाना मौत को निमंत्रण देना है।"

दूसरी आवाज बर्फीले शिखरों से टकराकर शान्त हो गई थी।

... संन्यासी! तुमने अखबार नहीं पढ़े? अनेक भारतीय सैनिकों को भी चीनियों ने लापता कर दिया है। सरकार के माँगने पर भी वे अभी तक नहीं लौटाए गए। तुम अपने प्राण क्यों संकट में डालते हो?"

...तीसरी आवाज कुछ अधिक लम्बी हो उठी थी।

और फिर 'जय शिव शम्भो' के गगन-भेदी नारों से पाषाण भी प्रतिध्वनित हो उठे थे... घाटियाँ गूँज उठी थीं।

पर दोनों संन्यासी उन आवाजों को अनसुना कर आगे बढ़ते गए थे... बढ़ते गए थे...एक-दूसरे की छाया को पकड़ते, बातें करते।

और पहुँच गए थे शेषनाग झील के किनारे।

...प्रतिमा! मेरे जीवन का इतिहास इंसान के रक्त से लिखा गया है। उसमें औरतों की अस्मतों की लूट के धब्बे हैं, मासूम बच्चों की चीत्कारों ने उसके हर अक्षर को मौत के दिल पर जमा दिया है। तुम अब मुझे समझकर घृणा करोगी। ...मैं हत्यारा हूँ। फरार ...बागी। ...डाकू। ...सैकड़ों गाँवों को मैंने जलाया है, घरों को वीरान बनाया है, हजारों भोले-भाले ग्रामीण मेरे क्रोध की भट्टी में समा गए हैं।

फिर सहसा गम्भीर हो गया था चन्दन।

प्रतिमा सिहर उठी थी।

कोमल-हृदया नारी प्रतिमा, जो पिता की हत्या के समाचार से भी नहीं पिघली थी, वासना के उन्माद ने जिसे पाषाण बनाकर माँ के आँसुओं में भी नहीं गलने दिया था, आज निरपराध लोगों की हत्याओं की स्मृतियाँ जागते ही काँप उठी थी—तिलमिला उठी थी एक भयंकर विभीषिका से घिरकर।

"और अब इतना खून, इतना पाप करने के बाद तुम संन्यासी हुए हो? नरमेध के भीषण हाहाकार ने तुम्हें जीवन में विरक्त बनाया है।"

और फिर चुप हो गई थी प्रतिमा। जैसे खो गई थी अपने भीतर के किसी अंधकार में। चली गई थी कहीं किसी प्रकाश की खोज में।

चन्दन को एक झटका-सा लगा। उसकी चेतना के तार झनझना उठे... मैं संन्यासी हुआ हूँ। ...इतनी हत्याओं के बाद संन्यासी हुआ हूँ। ...जीवन से विरक्त हो गया हूँ? ...नहीं यह छल है। अपने साथ नहीं, उस समाज के साथ छल है, जो संन्यासी को पवित्र मानता है, उसकी पूजा करता है।

मैं जीवन से विरक्त नहीं, कदापि विरक्त नहीं। प्रतिमा भ्रम में है। वह मेरे वस्त्रों को देखकर मुझे संन्यासी मान बैठी है। शायद यहाँ मैंने उसके सामने किसी यात्री को नहीं लूटा, किसी की हत्या नहीं की, इज्जत नहीं उतारी, इसलिए वह मुझे संन्यासी समझती है।

...उसे नहीं मालूम कि मैं क्यों संन्यासी हुआ हूँ...और वह जाने भी कैसे? वह मेरे जीवन का इतिहास आँखों से नहीं देख सकी, कानों से मरने वाले स्त्री-पुरुषों की दर्द-भरी चीत्कारें नहीं सुन सकी। उनकी हत्याओं का वह इतिहास इतना भयंकर है, जितना भयंकर युद्ध भी नहीं हो सकता।

...युद्ध?

...हाँ, युद्ध में शुत्रु लड़ते हैं। ...युद्ध की घोषणा की जाती है। जिस राष्ट्र पर हमला होता है, वह सावधान रहता है। उसे मालूम होता है कि युद्ध-काल है, कभी भी हमला हो सकता है।

...पर मेरे हमले? ...ओह! अब उनको याद करके मेरा भी हृदय दहल उठता है...युद्ध से भी भयंकर थे वे हमले।

भोले-भाले ग्रामीण लोग दिन-भर के काम से थके सोए होते थे और मेरा गिरोह अचानक जाकर उन्हें गोलियों से भून देता था। आहों, कराहों और चीत्कारों से वायुमंडल भरने वाली स्त्रियों को मिट्टी का तेल डाल-डालकर आग में झोंकते हुए मेरे साथी उनकी दबी हुई दौलत और प्राणों से भी अधिक प्यारे आभूषण निकाल लेते थे।

...और वे आभूषण बिकते थे कौड़ी के मोल। उन सेठों के यहाँ शहरों में जो हमसे भी ज्यादा भयंकर लूट करते हैं। युद्ध से अधिक भयंकर हम हैं और हमसे भी अधिक भयंकर वे लोग जो हमारी लूट का सामान खरीदकर पचा जाते हैं। वे हमसे भी अधिक गुप्त हमले करते हैं...ऐसे हमले जिनको वह व्यक्ति भी नहीं जान पाता जिसकी लूट की जाती है।

यों चन्दन भी खो गया था किसी भयंकर विचार-परम्परा में।

पवन शान्त था, समस्त प्रकृति मौन थी, शीतल बर्फ का आवरण ओढ़े पर्वत-शिखर प्रगाढ़ निद्रा का आनन्द ले रहे थे और झील में अब भी तैर रही थीं वे दोनों परछाइयाँ।

सहसा एक परछाई कुछ हिली। पहले से दूर हो गई और धीरे-धीरे अधिक दूर होती अदृश्य हो गई।

चन्दन अब भी सोच रहा था...

...मैंने भयंकर पाप किया है। अपार नरसंहार का बोझ उठाया है। इतना बोझ जितना भारी यह हिमालय भी नहीं हो सकता। ...किसलिए? ...प्रतिशोध के लिए...और प्रतिशोध का जन्म क्यों हुआ?

...प्यार के लिए।

...प्यार क्यों चाहता था?

...जिन्दगी के लिए।

...तो जिन्दगी इतनी कीमती है कि उसके लिए अगणित इंसानों की श्वासें बलि चढ़ाई जा सकती हैं...सैकड़ों स्त्रियों के आँसुओं का समुद्र उँडेला जा सकता है...अपार मासूम बच्चों की मुस्कानें बेची जा सकती हैं।

...जिन्दगी!

...प्यार

...किसका प्यार?

...प्रतिमा का? ...जो आज संन्यासिनी है। ...प्रतिमा! ...संन्यासिनी प्रतिमा!!

और चन्दन चौंककर सावधान हो गया।

पर प्रतिमा अब उसके पास नहीं थी।

वह उठ खड़ा हुआ।

झील की दूसरी परछाई भी कुछ क्षणों में कहीं खो गई।

हवा ने सुना...पहाड़ियों में गूँजा...बर्फ में जम गया...एक स्वर... दूसरा स्वर. ..तीसरा स्वर...अनेक स्वर..

पर प्रतिमा नहीं मिली...

आवाज भी नहीं रुकी...

प्रकृति देख रही थी, संन्यासी पागल हो गया है। सैकड़ों नारी-पुरुषों का जिसकी बन्दूक ने बिछोह किया था, पर जिसका पाषाण-हृदय पिघलता नहीं था, वही चन्दन आज संन्यासिनी प्रतिमा से बिछुड़कर पागल हो गया है।

बर्फ पर फिसल-फिसल जाता है, पर रुकता नहीं।

वह बढ़ता चला जा रहा है।

बढ़ा चला जा रहा है प्रतिमा को पाने के लिए।

उसकी बाहरी आँखों के आगे चाँदनी में धुले पहाड़ी शिखर है... सर्वत्र शून्यता है...न कहीं पेड़, न कहीं पक्षी...

पर भीतरी आँखें देख रही हैं...वह बढ़ा जा रहा है, बियाबान जंगल में... बन्दूकों की "धायँ! धायँ!!" से उड़ते पक्षियों और नागरिकों के कोलाहल के बीच. ..रक्त के अन्त-हीन समुद्र में।

वह समुद्र उसे रोक नहीं पाता... डुबा नहीं पाता। प्रतिशोध के पंखों पर उड़ रहा है वह।

...वह आगे है और अनेक बन्दूकधारी उसके पीछे चल रहे हैं...

...आज ऐसा कौन है, जो उसकी राह को रोके?...

...पुलिस आती है।

...घेरा डालती है।

...पर चाँदी के चन्द टुकड़ों पर बिके हुए सिपाही कितनी हिम्मत से गोली चला सकते हैं?

...वे मौत की पूजा के लिए सिपाही नहीं बने, जिन्दगी खरीदने के लिए उन्होंने बन्दूकें सम्हाली हैं।

...चन्दन उनसे डरता नहीं।

...क्यों डरे, उसकी बन्दूक जिन्दगी बेचती फिरती है...वह मौत को मुट्ठी में बाँधकर जिन्दगी की हाटें लूटता बढ़ा चला जा रहा है...उसके साथ उसी जैसे अनेक बन्दूकधारी बढ़े चले जा रहे हैं।

...जिस गाँव से उसका दल निकल जाता है, वहाँ भगदड़ मच जाती है... लोग साग-पूड़ियाँ और दूध-घी लेकर उनके पीछे दौड़ते हैं...और वे पहले कुत्तों को खिलाकर जितना चाहते हैं, उतना खाते हैं, जो बचता है उसे फेंक देते हैं।

...यों दूध और घी की सरिताओं में होकर चन्दन बढ़ा चला जा रहा है... उसके पीछे बढ़े जा रहे हैं उसके साथी बन्दूकधारी।

तभी चन्दन का ध्यान टूटा। वह एक क्षण के लिए रुका आगे-पीछे देखता रहा, पर कहीं कोई दिखाई नहीं दिया, केवल वह था और उसके पीछे धुँधली-सी उसकी छाया।

पहाड़ियों में गूँजती उसकी आवाज लौटी...प्रतिमा! ...ओ प्रतिमा!! तू मुझे छोड़कर कहाँ जा रही है?

और वह फिर फिसलता हुआ आगे बढ़ने लगा।

चार

शेषनाग नदी के किनारे चल पड़ी है प्रतिमा! नहीं, प्रतिमा नहीं, उसके पैर और पैरों के साथ उसका शरीर। पर उसका मन पहाड़ों का साथ छोड़कर मैदानों में उतर गया...

...कोटा के अखबार में पढ़ा है—'चन्दन डाकू के शक में एक युवक दिल्ली की पुलिस द्वारा गिरफ्तार'।

...और संन्यासिनी के वेश में चुपचाप गृह-त्याग कर प्रतिमा चली है... रेलगाड़ी में बैठ गई है वह।

...और अब वह घूम रही है दिल्ली के चाँदनी चौक बाजार में।

...पर वह युवक चन्दन नहीं निकला...छोड़ दिया गया है वह।

...तो प्रतिमा उस क्षेत्र में जाएगी जहाँ डाकू खून की नदियाँ बहा रहे हैं, जहाँ की मिट्टी पर अनेक अत्याचारों का इतिहास लिखा सिहर रहा है... वह उस इतिहास को आदि से अन्त तक पढ़ेगी।

...वह उस इतिहास को सेवा और त्याग से बदल कर इंसान को आत्म-विश्वास का आधार देगी।

संन्यासिनी है वह...और निकल रही है दिल्ली के बाजारों से...संयम की कांति उसके अंग-प्रत्यंग से झाँक रही है...गैरिक वस्त्रों में भी वह अपने जीवन्त सौन्दर्य को छिपा नहीं पाती।

...देखने वालों की आँखें उसका पीछा करती हैं...वायुमण्डल में कुछ शब्द गूँजते हैं, पर वे सब दिगन्त-व्यापी जनरव में खो जाते हैं।

...क्योंकि यह दिल्ली है।

...प्रतिमा इस दिल्ली से निकल रही है, पर वह वहाँ नहीं, उसकी आँखें उसी

क्षेत्र की सीमाओं में घूम रही हैं, जिसे उसने अभी देखा नहीं, पर जहाँ के जीवन की विभीषिका उसके मानस पर फैली हुई है।

...अब वह फिर स्टेशन पर आ गई है।

...गाड़ी के जाने में अभी देर है, इसलिए वह रुक गई है एक बुक स्टाल पर।

...रंग-बिरंगी किताबों के ढेर में उसकी नजर कुछ खोज रही है। शायद मिल जाए ऐसा कुछ जिससे उसका रास्ता कट जाए... वह आसानी से पहुँच जाए उन ग्रामीणों के मध्य, जिनके आँसुओं ने उसे निमंत्रण दिया है...जिनके खून में लिखी धरती की पाती चन्दन के दिल को नहीं पिघला सकी।

पर वहाँ ऐसी कोई पुस्तक नहीं...प्रेम की कहानियाँ, साहस के किस्से, होटलों की रातें ...क्लब की संध्याएँ...बँगलों के चाय से गर्म प्रभात! ...सबका वर्णन है उन पुस्तकों में...पर ऐसी कोई पुस्तक उसकी नजर नहीं पड़ी जो आदमी की उस जिन्दगी के पृष्ठ खोल सके, जिस पर विवशता की स्याही फैली हुई है...खून के धब्बे पड़े हैं...बन्दूक की गोलियों के निशान चीख रहे हैं!

...पर वह तो उसी पुस्तक को पढ़ेगी, उन होटलों की कहानियाँ पढ़कर वह क्या करेगी, जिनमें शहरी जीवन का कोढ़ सड़ रहा है...सामाजिक विघटन की दुर्गंध से जिन्दगी की श्वास घुट रही है।

...और उस पुस्तक की खोज में वह रेलगाड़ी और मोटरों का सहारा लेकर पहुँच गई है चम्बल के खारों में बसे गाँवों में।

...उन गाँवों में अब घूमने लगी है वह। उसकी जानकारी में समाती जा रही हैं नई-नई बातें...रोमांचकारी कहानियाँ...भयंकर घटनाएँ...बागियों की हृदय हिला देने वाली आतंक-पूर्ण कथाएँ। न जाने कितने बागियों के दल हैं! वे कभी चम्बल के उस पार होते हैं, कभी इस पार...कभी धौलपुर, करौली और कोटा की ओर बढ़ते हैं, तो कभी मुड़कर पहुँचते हैं कालपी तक...लूट करते...गाँव जलाते...इंसानों का रक्त बहाते...और स्त्रियों की अस्मतें लूटते। ...छोटे-छोटे अखबारों के कालम उनके काले कारनामों से रँगे होते हैं।

...तो उन्हीं दलों में क्या चन्दन का भी दल है?

सब बागियों और दस्युओं की हिंसा और क्रूरता में डूबा हुआ चन्दन!

...चन्दन! ...ओ चन्दन! ...कहाँ छिप गया है तू? ...मैं तुझे खोजकर रहूँगी. ..तेरे राक्षस का अनावरण करके भीतर छिपे तेरे देवता को निकाल कर रहूँगी।

...और वह पागल-सी भटकने लगी है—कभी गाँवों में, कभी जंगलों में। . ..जंगल...भयंकर जंगल...ये भरके...ये करारें...ये डाँगें...और यह यौवन के मद में उफनती उन्मादिनी चम्बल।

...और वह उसके उस पार जाएगी।

...पर कैसे?

...वह उसमें कूदना चाहती है...आगे पैर बढ़ाती है।

...तभी अचानक उसके कानों के पर्दों को चीरती आवाजें आती हैं...धायँ. ..धायँ...धायँ...धायँ।

...और सहसा आतंक की विभीषिका ने स्मृतियों में डूबी हुई प्रतिमा की चेतना को हिला दिया। तद्रिल पलकें खोलता हुआ एक प्रकाश उसकी आँखों में कौंधा और वह सजग होकर देखने लगी। सामने शेषनाग नदी बह रही है शांत मंद और नीरव। दूर-दूर तक फैले हुए हैं बर्फीले पर्वत-शिखर और उन पर खेल रही है सुनहरी चाँदनी।

और वह सोचने लगी...

...क्या यह चंदन वही चंदन है? ...कौन चंदन?

...उसके भी तो कई रूप हैं...कोटा की गलियों, सड़कों, स्कूल, कालेज और एकान्त बगीचों में मुझसे प्यार की धरती पर हृदय खोलकर बातें करने वाला चन्दन! ...या प्रतिहिंसा की ज्वाला में भभक कर मेरे पिता की हत्या करने वाला, मेरी दुर्भागिनी माँ एवं अन्य सम्बन्धियों की मनमानी लूट करने वाला चन्दन! . ..या चम्बल के खारों में खूँखार बनकर गाँव जलाने वाला, धन-दौलत की लूट करने वाला, अगणित इंसानों के रक्त में नहाकर मौत को पूजने वाला चन्दन! ...या अमरनाथ के पथ पर इस शांत स्वर्गीय एकान्त वातावरण में गैरिक वस्त्र

धारण कर अपने पापों का प्रायश्चित करने के लिए घूमने वाला चन्दन!

...पर नहीं, अभी यह कैसे कहा जा सकता है कि वह अपने पापों की भयंकरता से घबराकर ही इधर आया है!

और प्रतिमा के मनोभावों का प्रसंग बदला। वह सोचने लगी...आदमी कितना रहस्यमय होता है! ...कितने रूप बदलता है वह! ...उसमें जब प्यार जागता है, तो वह नवनीत से भी कोमल हो जाता है, और जब उसमें प्रतिशोध का उदय होता है, तो वह वज्र से भी अधिक कठोर बन जाता है!

...देवता...राक्षस...सब वही है! ...वह किसी से प्यार नहीं करता...किसी की पूजा नहीं करता...बाहर वह उसी को प्यार करता या पूजता है, जो कुछ वह भीतर है...धर्म, संस्कृतियाँ, ज्ञान, विज्ञान, साहित्य, कलाएँ, सब उसके उसी भीतरी व्यक्तित्व की बहुमुखी अभिव्यक्तियाँ हैं! ...उसके जीवन की रेखाएँ बदलती रहती हैं और उनके सहारे वह अपने तथा दूसरों के हाथों की रेखाएँ बदलता चला जाता है।

...वह प्यार से प्रेरित हो जिन घरौंदों को बनाकर खेलता है, प्रतिशोध में उफनकर उन्हीं को गला देता है।

...और नारी?

...वह पुरुष के प्यार का खिलौना है, उसके प्रतिशोध में जलकर बुझने वाली राख है!

...वह कहता है—नारी शक्ति है, ममता है, माता है, पर उसके भयंकर पौरुष और प्रतिशोध से उत्पन्न उसका पिशाच नारी के इन रूपों को शाश्वत कब रहने देता है!

...वह पुरुष को गुलाब की मुस्कान समझकर उसके निकट जाती है और वह अपने काँटों से उसके कोमल हृदय को छलनी बना देता है। वह इधर-उधर असहाय बनी भटकती उसकी शरण में जाती है और वह उसे पर्वत की चोटी से भी ऊँचा उठाकर समुद्र की अतल गहराई में फेंक देता है!

वह फिर सोचने लगी...

...तो मैं क्या करूँ?

क्या चंदन के रक्त में रँगे दिल को, गैरिक वस्त्रों के छल को मैं बदला हुआ समझ लूँ और उसे प्यार करूँ?

...मैं जब चुपचाप झील के किनारे उसे छोड़कर चली आई तब कुछ देर बाद उसकी आवाज पर्वत-शिखरों पर सरकती-सरकती मन्दगति से मेरे पास क्यों आई थी?

...और वह अब भी मेरे कानों में क्यों गूँज रही है?

...क्या वह अब भी मेरा प्यार चाहता है?

...प्यार! ...प्रतिशोध!

...और बार-बार हृदय को हिलाते हुए ये शब्द उसके भीतर गूँजने लगे।

...प्यार? प्यार चाहता है चन्दन? ...तो प्रतिशोध का रास्ता क्यों अपनाया था उसने? हिंसा का आश्रय क्यों लिया था उसने? क्या प्यार का बगीचा हिंसा और प्रतिशोध की धरती पर महकता है?

...और वह एक गहरी वेदना से तिलमिलाकर उठ खड़ी हुई।

...शेषनाग नदी उसी गति से बह रही थी और अब प्रतिमा फिर चल पड़ी थी उसके किनारे—विवश-सी भीतरी किसी द्वन्द्व-सूत्र में खिंचती हुई।

यात्रा

पाँच

अर्द्ध रात्रि का समय, चारों ओर भयंकर अन्धकार और सन्नाटा। ऊँची-नीची पहाड़ियों को घेरे हुए काँटेदार घने जँगली वृक्ष। लगता है, समस्त वन-प्रदेश गहरी निद्रा में डूबा हुआ कोई भयानक स्वप्न देख रहा है।

उस स्वप्न की विभीषिका को आस्था और साहस में परिणत करता हुआ करौली की देवी का भव्य मन्दिर। एक ऊँची पहाड़ी पर कुछ भवनों से घिरा हुआ वह ऐसा प्रतीत होता है, मानों अंधकार की छाती पर विजय का स्तम्भ खड़ा हो।

उस मन्दिर के चारों ओर मीलों दूर तक फैले घने जंगल में असंख्य शेर-चीते स्वच्छन्दता से विचरण करते हैं। रात्रि के सन्नाटे को चीरती हुई उनकी आवाजें वातावरण को मृत्यु की विभीषिका से भर देती हैं। मन्दिर की पहाड़ी के चरणों को धोता हुआ मंद जल-प्रवाह कभी-कभी छोटे-छोटे जंगली जानवरों की छप-छप से ध्वनित हो उठता है और उसके किनारे शेर की दहाड़ ऐसी गूँजती है कि अपने वाहन के लिए देवी का स्नेह ही उछलता प्रतीत होने लगता है।

पूर्व की ओर से एक सिंह अभी-अभी मंदिर के द्वार तक आया है। प्रतिमा-द्वार की ओर मुँह करके वह कुछ देर तक खड़ा रहा और अब पश्चिम की ओर जा रहा है। धीरे-धीरे पहाड़ी से उतर कर उसने एक दहाड़ मारी और जंगल में चला गया।

उसी दिशा से धीरे-धीरे अन्धकार और भय के प्रवाह में तैरती हुई कोई पुरुष-छाया ऊपर आ रही है। तारों का मंद प्रकाश उस छाया को धीरे-धीरे सहारा दे रहा है। ऊपर पहाड़ी पर आकर वह पुरुष कुछ क्षणों के लिए रुक गया है। कंधे पर रखी बन्दूक को जमीन पर टिका कर भयमिश्रित मुद्रा में वह इधर-उधर देख रहा है। फिर कान लगाकर सुनता है—शेर की दूर गूँजती हुई दहाड़!

उसने समझ लिया कि अब शेर दूर निकल चुका है। सामने चमकते हुए देवी के मन्दिर की ओर उसकी दृष्टि गई। सहसा उसके मुख से स्वर निकला—"भगवती महादेवी करौली माई की जय हो।" वह ध्वनि पहाड़ों से जा टकराई और वह नये साहस के साथ फिर आगे बढ़ चला।

पहाड़ी पर चढ़ता हुआ पुरुष देखने में हट्टा-कट्टा नवयुवक जान पड़ता है। लम्बा शरीर, बलिष्ट भुजाएँ और खुली हुई चौड़ी छाती। वह केवल एक पंचा काँछे है और पैरों में चमरौधे जूते पहने है। उसके गले में पड़ी माला तारों के अस्पष्ट प्रकाश में कभी-कभी चमक जाती है।

प्रतिमा-द्वार पर आकर उसने बंदूक को एक ओर रख दिया और साष्टांग प्रणाम् के लिए धरती पर लेट गया। फिर खड़ा हुआ और देवी की देहली पर माथा टिकाकर उसने उस महाशक्ति को प्रणाम् किया। द्वार बन्द है, किन्तु अन्तर्चक्षुओं से वह देवी के कल्पित रूप का साक्षात्कार करके गद्गद हो रहा है। खड़ा होकर वह देर तक भगवती के दिव्य चरित्र का स्मरण करता रहा और फिर अनायास उच्च स्वर में बोल उठा—"हे जगदम्बे! हे महाशक्ति! हे असुर-मर्दिनी देवी! तेरी जय हो।"

वह मन ही मन सोचने लगा—'हे देवी! सारा संसार मुझ से विमुख है, समाज ने अपना द्वार मेरे लिए बन्द कर लिया है और यहाँ तुम भी मुझसे विमुख हो बैठी हो। कितनी आशा लगाकर मैं तुम्हारे दर्शनों के लिए यहाँ आया। कितने कष्ट मार्ग में सहन किये, हे देवी! कोई उनकी कल्पना भी नहीं कर सकता! किन्तु तुमने अपना द्वार ही बन्द कर लिया है। ठीक है मातेश्वरी! मैं इसी योग्य हूँ। मैंने अपार पाप किये हैं, मानव के रक्त से मेरे हाथ रँगे हुए हैं, मैं तुम्हारे पवित्र चरणों

में शरण पाने का अधिकारी नहीं। किन्तु क्या करूँ माँ! मेरे लिए अब दूसरा मार्ग ही क्या है? मत दो तुम भी शरण। ...माँ! जाता हूँ।"

और फिर सन्नाटे को चीरता हुआ वह बन्दूक कंधे पर रखे हुए वहाँ से पहाड़ी से दूसरे ढलान की ओर चल पड़ा।

नीचे उतरने पर एक टीले पर, जिसे तीन ओर से घने काँटेदार पौधे घेरे हुए थे, उसे एक आदमी लेटा हुआ दिखाई दिया। वह युवक बहुत सावधानी के साथ कुछ आगे बढ़कर रुक गया। उसने देखा कि वह आदमी अपने दायें हाथ से बन्दूक दबाए मस्ती से पड़ा, गहरी नींद में खर्राटे ले रहा है। किन्तु ज्योंही वह युवक उसके निकट गया, त्योंही पैरों की आहट मात्र से वह चौंक कर खड़ा हो गया और बंदूक सीधी करके बोला—"खबरदार! जहाँ हो वहीं खड़े रहो! इस अँधेरी रात में मौत के मुँह में क्यों चले आये?'

वह युवक बिना घबराये हुए कहने लगा— 'एक से दो होने के लिए। .. .तुम्हारी बन्दूक से मेरी बन्दूक की दुश्मनी नहीं हो सकती, क्योंकि तुम भी उसी मार्ग के राही जान पड़ते हो जिसका मैं हूँ।"

"तो तुम भी मेरे समान ही कोई दस्यु हो?"

"दस्यु, हत्यारा, डाकू, बागी—जो भी कहो। समाज में मेरे लिए कोई स्थान नहीं, इसलिए मेरे हृदय में भी समाज के किसी भी व्यक्ति के लिए कोई स्थान नहीं।" युवक ने उत्तर दिया।

"तुम्हारा नाम?"

"चतुरी...। और तुम्हारा?"

"यों मेरा नाम सुनहरी लाल था, किन्तु अब तो मैं स्वयं को सोनी कहता हूँ।"

"जंगल की शरण में आए तुम्हें कितना समय हुआ?" चतुरी ने प्रश्न किया।

सोनी बोला— "यही दो तीन वर्ष। पहले सात वर्ष बिना अपराध के जेल में रहा और अब नित्य अपराध करके जंगल में स्वतन्त्र घूमता हूँ।"

चतुरी की जिज्ञासा बढ़ने लगी। उसने पूछा—"बिना अपराध सात वर्ष की सजा हुई! कैसे?"

"गाँव के जमींदार ने पुलिस से मिलकर फौजदारी के झगड़े में फँसा दिया। मुकदमा लड़ने के लिए जिनके पास पैसे थे, बच गए। मैं जेल गया।"

चतुरी ने प्रश्न किया— "और तुम्हारे बीबी-बच्चे?"

सोनी की स्मृति के तार झनझना उठे। कण्ठावरोध के साथ बोला—"वे सब भगवान् के घर चले गए। सात वर्ष का समय कम नहीं होता चतुरी! ...भूख-प्यास ने उनको निगल डाला। माटी का घर वर्षा खा गई। सात वर्ष के बाद जेल से बाहर आया तो दुनिया लुटी-लुटी नजर आने लगी। लोग मुझ पर अँगुलियाँ उठाने लगे। व्यंग्य-वर्षा ने मेरे मन का धीरज गला दिया। किसी भी ओर जब राह दिखाई न दी तब हार मानकर जमींदार के रक्त से प्रतिशोध लेकर उसकी इस बन्दूक के साथ जंगल की राह ली।"

चतुरी चुपचाप सब सुनता रहा। फिर बोला— "तो अब भगवान् हमारा और तुम्हारा समाज बनाएगा। अब हम एक से दो होकर इस जंगल में ही मंगल मनाएँगे। जिस समाज ने हमें ठुकराया है, उससे अपने अपमान का बदला लेंगे।"

सोनी बोला—"पर यह तो बताओ कि तुम इस छोटी अवस्था में यह भयंकर जीवन अपनाने को क्यों बाध्य हुए?"

'मेरी भी एक ऐसी ही दुःख-भरी कहानी है सोनी! मुझसे आवेश में एक पुरुष की हत्या हो गई। कानून के भय से भागकर मैंने जंगल की शरण ली। और अब तो यह बन्दूक मुझसे जो कुछ कराती है, वही करता हूँ।"

सोनी बोला—'तो अब हम-तुम दोनों यहाँ से दूर निकल चलें। मैं भी किसी साथी की ही खोज में था। करौली के इस जंगल में दूर-दूर तक गाँवों का पता नहीं चलता। रास्ते खोजना भी कभी-कभी कठिन हो जाता है। शेर-चीतों का घर है यह जंगल। यहाँ पुलिस का उतना डर नहीं जितना इन जंगली जीवों का डर है। फिर बस्तियाँ बहुत दूर-दूर होने से कभी-कभी कई दिनों तक भूखा-प्यासा भी रहना पड़ सकता है।"

"मैं भी यही अनुभव कर रहा हूँ सोनी! इस जंगल से निकल चलना ही ठीक है। ऐसे किसी जंगल की हम लोग शरण लें, जहाँ से जीवन-यापन के साधन सुविधापूर्वक मिल सकें"—चतुरी बोला।

आकाश में तारों का प्रकाश मंदतर होता जा रहा था, क्योंकि धीरे-धीरे ढलती रात का चाँद निकल रहा था। सोनी और चतुरी को जंगल में राह बनाने का उससे कुछ सहारा मिल गया। दोनों ने अपनी बन्दूकें सम्हाल कर कंधों पर रख लीं और फिर उत्तर-पूर्व की ओर राह खोजते हुए पहाड़ी से उतर चले...

छः

चतुरी और सोनी का साथ धैर्य और पराक्रम का सम्मिलन था। दोनों एक-दूसरे के पूरक बन गए थे। चतुरी हर संकट में वीरता के साथ डट जाता था, और सोनी आवश्यकता पड़ने पर अद्‌भुत पराक्रम का परिचय देता था।

दो दिन से वे बराबर आगे बढ़ रहे थे। पथ-विहीन भयानक जंगल में उन्होंने अवर्णनीय वीरता और साहस का परिचय दिया था। मार्ग की बाधाओं को पार करके वे जल्दी ऐसे जंगल में पहुँच जाना चाहते थे, जहाँ वे सब प्रकार से सुरक्षित रह कर अपने दल का संगठन कर सकें। किन्तु यह कार्य सरल नहीं था। जंगल में दिशा-भ्रष्ट होकर वे भटक गए थे। खाने-पीने की व्यवस्था भी असम्भव हो गई थी। दो दिन से प्यासे सोनी की टाँगें जवाब देने लगी थी। सौभाग्य से तीसरे दिन सबेरा होने पर वे एक ऐसी पहाड़ी के निकट आए जहाँ एक स्रोत बह रहा था। चतुरी बोला—"सोनी! पानी तो मिल गया पर भोजन की व्यवस्था कैसे हो? अभी तक कोई भी गाँव नहीं मिला जिसे लूटकर कुछ दिनों के लिए भोजन की व्यवस्था करते!"

सोनी तो समझता ही था कि गाँव के मिलने की बात सोचना ही व्यर्थ है। वह इस खोज में था कि कहीं कोई फलदार पेड़ मिल जाय तो थोड़ा आहार मिले। पर उसकी चेष्टा निराशा में बदलती चली गई। बोला—"इस समय तो खाली पेट

पानी पीकर ही आगे बढ़ना होगा। ईश्वर चाहेगा तो शीघ्र हम लोग किसी बस्ती के निकट पहुँचेंगे।" और पानी पीकर वे फिर आगे बढ़ गए। धीरे-धीरे वह दिन भी गया और रात आई। वे ज्यों-ज्यों भूख को मिटाने के उपाय का चिन्तन करते थे, त्यों-त्यों बढ़ती ही जाती थी। शरीर में शिथिलता आ चुकी थी। काली रात का अँधेरा सघन होता जा रहा था, जिसके कारण मार्ग देखने में भी कठिनाई हो रही थी।

सोनी थककर चूर हो रहा था। बोला—"चतुरी! अब आगे बढ़ने में लाभ नहीं। हम लोग बहुत दूर आ चुके हैं। भूख प्रबल हो रही है। आज रात यहीं विश्राम करें। सबेरा होने पर कोई उपाय सोचेंगे।"

चतुरी एक क्षण मौन रहा। फिर कुछ सोचकर बोला—"विश्राम करने पर भी भूख साथ ही रहेगी। पता नहीं यहाँ से कितना आगे चलने पर गाँव मिले। सबेरा होने पर फिर उतना ही चलना पड़ेगा, इसलिए चलते रहना ही ठीक होगा।"

सोनी सुनकर चुप हो गया और उसके पीछे-पीछे चलने लगा, पर उसके पैर काम नहीं दे रहे थे। कुछ आगे बढ़ने पर सामने एक छोटी पहाड़ी आई। दोनों उस पर चढ़ने लगे। रात्रि का सन्नाटा सायँ-सायँ कर रहा था, हाथों-हाथ नहीं सूझता था।

ज्योंही वे पहाड़ी पर ऊपर पहुँचे, त्योंही नीचे एक झाड़ी में शेर की दहाड़ सुनाई दी। सोनी बोला—"शेर है चतुरी! यदि ऊपर आ गया तो बचना असम्भव है।"

"चुपचाप सावधानी के साथ आगे बढ़े चलो। ईश्वर मालिक है।" चतुरी ने साहस बढ़ाया।

और फिर दोनों ने अपनी बन्दूकें सम्हाल लीं एवं सावधानी से आगे बढ़ चले। शेर ने फिर दहाड़ दी। वह कुछ दूर से आई प्रतीत हो रही थी। दोनों दस्यु पेड़ों का सहारा लेते बढ़ते-बढ़ते पहाड़ी के दूसरे ढलान पर आ गए। वहाँ आकर चढ़ाई समाप्त हो गई थी तथा उतार शुरू हो गया था।

थोड़ी देर रुककर दोनों ने चारों ओर दृष्टि दौड़ाई। पूर्व दिशा की ओर पहाड़ी के नीचे उन्हें एक दीपक टिमटिमाता हुआ दिखाई दिया।

सोनी बोला—''वहाँ कोई जंगली गाँव जान पड़ता है।''

और दोनों खुशी से उछल पड़े।

चतुरी ने कहा—''जहाँ शेर रहते हैं, वहाँ यह जंगली गाँव! यहाँ के लोग किस प्रकार अपना निर्वाह करते होंगे?''

''और जब यहाँ गाँव है, तो निश्चय ही वे आस-पास कहीं खेती-बारी भी करते होंगे।'' सोनी ने कहा।

फिर दोनों उत्साह-पूर्वक उसी दिशा में चल पड़े, जिधर से वह प्रकाश आ रहा था।

पहाड़ी के ऊपर से वह स्थान बहुत निकट प्रतीन होता था, किन्तु ज्यों-ज्यों वे आगे बढ़ने लगे, त्यों-त्यों वह स्थान दूर होता जान पड़ने लगा। उत्साह में भरे हुए वे जब पहाड़ी से उतर कर लगभग आधा मील आगे आ गए तो वह प्रकाश अधिक बढ़ता दिखाई दिया। कुछ और आगे चलने पर यह स्पष्ट हो गया कि वह दीपक का प्रकाश नहीं, बल्कि आग जल रही है।

सोनी और चतुरी कौतूहल के साथ आगे बढ़ते हुए उस प्रकाश के पास जा पहुँचे। वहाँ बड़े-बड़े हरे लक्कड़ पड़े थे और उनमें आग लगी हुई थी, परन्तु आदमी का नाम-निशान नहीं था। वे दोनों आश्चर्य में पड़ गए।

दोनों के मन में अनेक प्रकार के भाव और आशंकाओं का संचार हुआ। उनकी मनःस्थिति विचित्र हो गई। कुछ क्षण तक कोई किसी से न बोला।

उसी समय कई शेरों के दहाड़ने की आवाजें आईं। सोनी और चतुरी दोनों भय से काँप उठे।

''भय...बागी के लिए भय...किसका भय? मौत का? ...मौत को मैंने जीत लिया है ..वह मेरी मुट्ठी में है...मैं अमर हूँ...अजेय हूँ...फिर किसका भय!'' और एक क्षण में ही चतुरी के भीतर यह आवाज गूँज गई। उसके शरीर का रोम-रोम इस आवाज से बज उठा। उसने देखा, उसके हाथों ने कन्धे पर रखी बन्दूक को सम्हालकर पकड़ लिया है। वह पैंतरा बदलकर सावधान हो गया।

सोनी ने अपने भीतर के भय को समेट कर चतुरी की ओर दृष्टि डाली। आग के प्रकाश में उसे चतुरी का क्रोध से तमतमाता हुआ मुखमण्डल दिखाई दिया और हाथों में गोली चलाने के लिए थमी हुई बन्दूक। वह भी उसे देख कर एक क्षण में ही सावधान हो गया।

सोनी अधिक समय तक चुप नहीं रह सका। बोला—"चतुरी! किस पर निशाना साध रहे हो? शेरों की आवाज तो बहुत दूर जान पड़ती है... उनसे डरने की आवश्यकता नहीं।"

"डर? ...कौन डरता है शेर से? ...चतुरी तो मौत से भी नहीं डरता... यह बन्दूक उस डर को निशाना बना रही है, जिसने कुछ समय पहले हम दोनों को जीत लेने की चेष्टा की थी। ...तुम भी अनिश्चित भय की आशंका से सकपका गए थे न?" चतुरी की आवाज उस वन के मौन को चीरती हुई गूँज उठी।

सोनी ने कहा—"ठीक कहते हो तुम, पर अब मैं पुनः साहस समेट कर सहज स्थिति में आ गया हूँ। अब मुझे अनिश्चित भय की तो बात क्या, निश्चित भय भी प्रभावित नहीं कर सकता।"

और फिर दोनों ने स्वस्थ मन से इधर-उधर दृष्टि दौड़ाई। भूख प्रबल होती जा रही थी तथा पहाड़ी को पार कर आने के कारण शरीर में भी शिथिलता आ गई थी। वे यह निश्चय नहीं कर पा रहे थे कि अब आगे बढ़ें या वहीं रुककर उस आग के जलने का रहस्य ज्ञात करें। अचानक पीछे से एक आवाज आई—"बन्दूकधारी युवको! चिन्ता में पड़ने की आवश्यकता नहीं। कुछ समय यहीं निर्भय होकर प्रतीक्षा करो। मैं तुम्हारे लिए भोजन ला रहा हूँ।"

दोनों ने आश्चर्य के साथ पीछे मुड़कर देखा। आग के प्रकाश में उन्हें एक लम्बा मानव-शरीर दिखाई दिया, जिसकी कमर तक लम्बी-लम्बी जटाए फैल रही थीं। एक लँगोटी के अतिरिक्त उसके शरीर पर कोई वस्त्र नहीं था। उन दोनों को वह मुड़ता और उत्तर दशा की ओर जाता दिखाई दिया। वे दोनों चकित होकर एक क्षण उसे देखते रहे, उसकी काठ की पादुकाओं की खट-खट सुनते रहे। कुछ क्षणों में ही वह शरीर अंधकार में अदृश्य हो गया।

चतुरी और सोनी के आश्चर्य का ठिकाना न रहा। दोनों ने इधर-उधर दृष्टि दौड़ाकर आस-पास के वातावरण को समझने की चेष्टा की। जब उन्होंने यह समझ लिया कि यहाँ न कोई गाँव है, न पुलिस के आ सकने की ही सम्भावना है, तो वे निर्भय होकर वहीं आग के पास बैठ गए। चैत का महीना प्रारम्भ हो गया था, पर रात में अब भी कुछ-कुछ शीत हो जाती थी। चतुरी और सोनी दोनों आग की ताप का आनन्द लेने लगे। दोनों के हाथों में बन्दूकें थीं तथा कंधों पर गोलियों की मालाएँ लटक रही थीं, इसलिए उन्हें किसी का भय नहीं था।

थोड़ी देर में ही उत्तर दिशा में पादुकाओं की खट-खट फिर सुनाई दी। दोनों ने उधर दृष्टि दौड़ाई। धीरे-धीरे आग के प्रकाश में वह लम्बा शरीर फिर चमक उठा। देखते-देखते वह जटाधारी उन दोनों के पास आ गया। वे दोनों उसे देखकर उठ खड़े हुए और साधु समझकर उन्होंने उसे प्रणाम् किया।

जटाधारी ने हाथ से आशीर्वाद का संकेत किया और फिर पूर्व की ओर मुड़कर चलता हुआ बोला—"तुम भूखे हो, मेरे साथ आओ। सामने मेरा आश्रम है, वहीं तुम्हें भोजन मिलेगा।"

वह आगे चलने लगा और पीछे-पीछे चतुरी तथा सोनी। वे दोनों देख रहे थे उसके हाथों में सेव, अंगूर, केले और पके हुए आम। दोनों को आश्चर्य हो रहा था कि इस जंगल में ये फल इसे कहाँ से प्राप्त हुए?

कुछ देर में ही वे तीनों एक बगीचे के सामने जा खड़े हुए। आग का प्रकाश यहाँ तक आ रहा था, पर पहले चतुरी और सोनी की दृष्टि यहाँ तक नहीं आई थी। अब उन्होंने देखा कि लगभग आधा फर्लांग लम्बा एक बगीचा है, जिसके चारों ओर काँटेदार सूखी झाड़ियों की बाड़ लगी हुई है। इस बगीचे में तरह-तरह के सुगन्ध वाले फूल खिले हुए हैं। बीच में एक लम्बा पत्थर पड़ा है और उसके चारों ओर वृत्ताकार फूलों के पौधे हैं।

जटाधारी ने बगीचे की लकड़ियों से बना द्वार खोला और दोनों को भीतर आने का संकेत किया। वे दोनों विस्मय के साथ भीतर प्रविष्ट हो गए। जटाधारी मध्य में पड़ी शिला पर जा बैठा और दोनों को पास आने का हाथ से संकेत किया। वे चुपचाप उसके समीप चले गए।

जटाधारी–"बैठ जाओ।"

दोनों बैठ गए।

तभी पश्चिम दिशा से तीन शेर दहाड़ते हुए बगीचे की झाड़ीदार बाड़ के पास से निकले। उन्हें देखकर चतुरी ने अपनी बन्दूक सम्हाली। सोनी भी सावधान हो गया। चतुरी अभी खड़ा होना ही चाहता था कि जटाधारी ने आवाज लगाई–"शक्ति के वाहनो! आज तुम मौन होकर अपना भोजन कर लो, मैं अभी आर रहा हूँ। मेरे पास बैठे हुए युवक तुमसे डरते हैं।"

और वे शेर चुपचाप लकड़ी के द्वार की ओर बढ़े। जटाधारी उठकर वहाँ गया। द्वार खोलकर वह बाहर निकला और उसने सब फल उन शेरों को अर्पित कर दिए। वे उन फलों को खाते रहे और जटाधारी वापिस चला आया। वह आकर शिला के आसन पर बैठ गया और उधर वे शेर फलों को खाकर चुपचाप वहाँ से उसी दिशा में चले गए, जिस दिशा से आए थे।

चतुरी और सोनी के आश्चर्य का ठिकाना न रहा। वे इस समस्त दृश्य को एक चमत्कार की तरह देखते रहे। उन्हें विश्वास न हुआ कि वह जटाधारी कोई मर्त्य जीव है।

उन्हें विस्मय में पड़ा हुआ देखकर जटाधारी बोला–"आगन्तुको! तुम आश्चर्य मत करो। मैं भी तुम लोगों के समान ही हाड़-माँस का बना हुआ आदमी हूँ। मेरे पास कोई दिव्य चमत्कार नहीं है, यह सब मेरी योग-साधना का सहज परिणाम है। इसी के बल से मैं इस भयंकर जन-शून्य जंगल में अकेला रहता हूँ और इच्छानुकूल पदार्थों का भोग करता हूँ।"

जटाधारी के ये शब्द उन दोनों के लिए और भी विस्मयकारी थे। पर वे कुछ भी न बोल सके, मानो दोनों अपने अन्तर्जगत् में खोए हुए किसी ऐसे सत्य की खोज कर रहे थे, जो उनके निकट आता-आता कहीं खो गया था।

जटाधारी ने ही उनके मौन को तोड़ा। बोला–"तुम दोनों कई दिनों से भूखे हो। अभी मैं तुम्हारे लिए भोजन की व्यवस्था करता हूँ।"

यह कहते-कहते वह उठ खड़ा हुआ। बगीचे के अन्दर ही वह पश्चिम दिशा की ओर पैरों की खट-खट ध्वनि करता हुआ कुछ बढ़ा और थोड़ी दूर जाकर मुड़

गया। दोनों बन्दूकधारियों ने देखा कि उसके हाथों में भोजन के भरे चमकते हुए दो थाल हैं। वे दोनों थाल थोड़ी देर में ही चतुरी और सोनी के सामने आ गए। जटाधारी पूर्ववत् शिला पर बैठ गया। बोला–"भोजन करो। संकोच और तर्क-वितर्क का आश्रय छोड़कर निश्चिन्त भाव से भोजन करो। मैं समझता हूँ मेरी इस क्रिया में तुम्हें बहुत आश्चर्य हो रहा है और तुम बार-बार अपने मन में यह विश्वास जाग्रत करते हो कि मैं आदमी नहीं, कोई दिव्य शरीर हूँ। पर मैं एक बार फिर कहता हूँ कि तुम सब संशय त्यागकर भोजन करो। जिस प्रकार तुम रेडियो और टेलीफोन की आवाज पर विश्वास करते हो, उसी प्रकार भोजन प्राप्त करने के मेरे कार्य पर भी विश्वास करो। यह भोजन एक सेठ के घर ब्राह्मण के द्वारा यहाँ से नौ मील दूर पकाया गया है तथा पूर्णतः शुद्ध है, केवल मैंने अपने योग-बल से उसे यहाँ तुम्हारे लिए प्राप्त किया है।"

चतुरी और सोनी भाँति-भाँति के संकल्प-विकल्पों में डूबे जटाधारी की बातें सुनते हुए भोजन करने लगे। थोड़ी देर में वे दोनों तृप्त हो गए, तो पानी के गिलास भी उसी प्रकार उस जटाधारी ने उनके सामने प्रस्तुत किए जिस प्रकार भोजन के थाल वह लाया था।

जब वे दोनों भोजन कर चुके, तो जटाधारी उठ खड़ा हुआ और संकेत से उनको अपने पीछे करके बगीचे के बाहर उस आग के पास आया। बोला– "अब तुम दोनों दक्षिण दिशा की ओर इसी समय चले जाओ। उस दिशा में न शेरों का भय है न पुलिस का। लगभग आठ मील चलने के बाद जंगल समाप्त होगा और तभी एक ऊँची पहाड़ी मिलेगी। उस पहाड़ी को पार करने पर यदि तुम आगे बढ़े तो दूर तक फैले हुए खेत दिखाई देंगे। वहाँ से तुम जिधर चाहो चले जाना। तुम दोनों ने समाज की व्यवस्था तोड़कर जंगल की शरण ली है, इसलिए मैं भी इससे अधिक तुम्हारी कोई सहायता नहीं कर सकता, क्योंकि जो व्यक्ति समाज के जीवन की शान्ति को भंग करता है, योगी को उसकी कोई सहायता नहीं करनी चाहिए। यहाँ मैंने तुम्हारी जितनी सहायता की, वह केवल इसलिए कि तुम मार्ग

भूलकर भटक गए थे एवं भूख के कारण अपने भीतर छिपे पिशाच को कुछ समय के लिए पीछे छोड़कर शरण की कामना कर रहे थे।"

फिर दोनों ने आश्चर्य से देखा कि बड़ी तेजी से वह जटाधारी अपने बगीचे की ओर खट्-खट् करता हुआ मुड़ गया तथा कुछ क्षणों में ही अदृश्य हो गया। उसके अदृश्य होते ही शेरों की कुछ दहाड़ें वायुमंडल में गूँजने लगीं और गगनभेदी उद्घोष उठा—"बाबा सनातन की जय हो!"

सात

प्रभात की प्रथम किरण फूटी। निर्मल आकाश सुनहरी प्रकाश से जगमगा उठा। घने जंगल के किनारे की ओर दूर तक फैली एक छोटी पहाड़ी पर पेड़ों के झुरमुट में आराम करने वाले वे बंदूकधारी आँखें मलते हुए उठ बैठे, मानो प्रकाश के साथ पुलिस के भय की छाया उनके पीछे आ खड़ी हुई थी और कह रही थी—जल्दी भाग चलो यहाँ से। थोड़ी दूर पर जंगल की सीमा है, कहीं ऐसा न हो कि पुलिस आ जाय...।

चतुरी को मौत का भय नहीं था, ऐसी बात नहीं। तभी तो पुलिस की कल्पना भी उसके हृदय को अशान्त कर देती थी। पुलिस का ही तो डर था जिसके कारण उसने बागी का जीवन स्वीकार किया था। सोनी ने वे दिन अच्छी तरह देखे थे, जब उसके शरीर पर पुलिस का डण्डा वैसे ही पड़ता था, जैसे कोई किसी पशु को मारता है। फिर जेल की यातनाएँ भी वह भूला नहीं था। पैरों से कुचलकर गूँथे हुए भूसी मिले मोटे आटे की रोटी, सड़ी-गली सब्जियाँ और कंकड़ मिली दालें। अब भी जेल के दिनों की वह याद करता था, तो उसके रोएँ खड़े हो जाते थे। लोहे के तसलों में भोजन करना और सँकरी गंदी तथा सीलनदार कोठरी में जमीन पर सोना, न ओढ़ने को साफ कपड़े, न कोई ढँग का बिछावन। न जाने

किस-किसके द्वारा ओढ़े पुराने कम्बलों से वहाँ काम चलाना पड़ता था। ऐसी थी वह जिन्दगी, जिसके कष्टों की कल्पना भी कोई नहीं कर सकता था। वहाँ से दण्ड की अवधि पूरी करके वह घर अवश्य आ गया था, पर जिन्दगी के साधनों के बिना कौन कह सकता था कि उसे कोई अपराध बन जाने पर फिर उसी नरक में न जाना पड़ेगा? और इसीलिए तो उसने जंगल का रास्ता पकड़ा था। यहाँ वे दोनों अपने मन के राजा थे, जहाँ चाहते जाते, जहाँ चाहते सोते और जो चाहते करते। पूर्ण स्वतंत्र थे वे। यदि कोई संकट था तो केवल पुलिस का। पर उससे बचने के लिए उन्होंने बन्दूकों को अपने जीवन का धन बना लिया था।

आज प्रभात के साथ-साथ उनकी मनःस्थिति कुछ असंतुलित हो उठी थी। सूर्य की किरणों का संदेश पहचानकर वे दोनों वहाँ से उठकर फिर जंगल की ओर चल पड़े थे, लेकिन उनके पैर कुछ भारी-भारी पड़ रहे थे।

चतुरी सोच रहा था—'वह योगी...हाँ योगी ही तो है वह। ...वह भी आदमी है क्या...कैसा विचित्र आदमी। ...उस भयानक जंगल में अकेला रहता है... न भोजन का ठिकाना, न रक्षा का साधन। जहाँ हिंस्र पशु दिन-रात स्वच्छन्द विचरते रहते हैं, वहाँ पूर्ण आनन्द के साथ वह रहता है। साधना का बल है उसके पास. ..आत्मा...का...आध्यात्मिक बल और इस बल के आधार पर वह सुखी है। शेर पालित पशु की तरह उसके पास चले आते हैं और वह उनको अपनी संतान की भाँति फलाहार प्रदान करता है। पुस्तकों में कभी पढ़ी थीं ऐसी विचित्र कहानियाँ। सुना है, शकुन्तला का पुत्र शेर से खेलता था। लोग पढ़ते हैं उन कहानियों को केवल कहानी मानकर। आज का बुद्धिवादी मनुष्य उन कहानियों के सत्य में विश्वास नहीं कर सकता, पर मैं कैसे अविश्वास करूँ? मैंने तो अपनी आँखों से उस जटाधारी बाबा सनातन का चमत्कार देखा है... आध्यात्मिक जीवन का यह चमत्कार, जहाँ हिंस्र पशु भी प्रेम को पहचानता है। पर उस योगी सनातन के जीवन से भिन्न दूसरा जीवन है मेरा, जो विज्ञान की बपौती इस बन्दूक के प्रेम पर टिका हुआ है। जिस क्षण यह बन्दूक हाथ से छूट जाए, उस क्षण मैं जीवित नहीं रह सकता, ऐसी है यह मेरी जिन्दगी, बन्दूक ही जिसका बल है। यही बल

है बड़े-बड़े राष्ट्रों के पास। इस बल के भरोसे वे छोटे राष्ट्रों को भयभीत रखते हैं, उनके श्रम के बाजारों को लूटते हैं, धन बाँटकर उन्हें अपना क्रीत दास बनाते हैं और राकेटों का भय दिखाकर मनमाना शोषण करते रहते हैं। आए दिन वे विश्व-युद्ध की, विश्वभर के विनाश की धमकी देते हैं।'

चतुरी आगे चल रहा था और सोनी पीछे, पर दोनों मौन थे। दोनों मानों बाहर न चलकर भीतर ही किसी अन्य जगत् में चल रहे थे। चतुरी का अन्तर्द्वन्द्व भी अभी रुका नहीं था। वह सोच रहा था– 'यह बहुत शक्तिशाली जगत् है। बन्दूक और परिवार का जगत्। ...विज्ञान की देन है यह जगत्। भौतिक सुखों का भोग प्रधान है इस जगत् में। ठीक उसी प्रकार, जिस प्रकार, आध्यात्मिक सुखों का भोग प्रधान है योगी के साधना-जगत् में। परन्तु मैं? ...मैं तो भौतिक सुखों के भोग के लिए जीवित नहीं। और मेरी ही तरह वे राष्ट्रनायक भी यह अनुभव करते होंगे कि वे अपने भौतिक सुखों के लिए जीवित नहीं। जिस प्रकार मैं मनमानी लूट करके भी उस सबका भोग स्वयं नहीं कर पाता, उसी प्रकार राष्ट्रों के वे राकेटधारी भी भ्रम में हैं।'

चतुरी विचार की इसी सीमा तक आते-आते कुछ व्यग्र हो उठा। उसके मन में आया फेंक दे बन्दूक, पर फिर सजग हो गया। सोचने लगा– ' यह बन्दूक ही तो मेरा जीवन है। चाहने पर भी मैं इसका साथ नहीं छोड़ सकता, क्योंकि मेरे अन्दर इतनी शक्ति नहीं कि मैं उस जटाधारी योगी के आत्मबल को सहज में प्राप्त कर सकूँ। और, दोनों से भिन्न तीसरा जीवन उन्हीं लोगों का है, जो सामाजिक शक्ति के सहारे जीवित हैं। वे योगी के आध्यात्मिक जीवन के प्रति श्रद्धा मात्र रखते हैं और मुझ जैसे बागी के जीवन के प्रति भयंकर घृणा। मैं उनके जीवन को जीने के योग्य अब नहीं रहा। उनका विधान बहुत व्यापक और विस्तृत है। धरती के किसी भी किनारे पर मैं पहुँच जाऊँ, पर अब अपने अपराधों के लिए प्रायश्चित्त और पश्चात्ताप करने के लिए उद्यत होने पर भी सामाजिक जीवन व्यतीत नहीं कर सकता। मैंने एक सामाजिक व्यक्ति की हत्या की है, इसलिए मेरे लिए उनके विधान में केवल एक ही स्थान है आजीवन कारावास...या फाँसी

का फन्दा! ..तब? ...क्या करूँ तब? कुछ नहीं...कुछ नहीं। जिस रास्ते पर चल पड़ा हूँ, वही एक रास्ता अब मेरे लिए शेष रह गया है...वही एक रास्ता। योगी! तुम भी समाज-द्रोही की सहायता नहीं कर सकते? ...मत करो सहायता। मैं अब किसी की सहायता नहीं चाहता। मेरी बन्दूक, प्यारी बन्दूक, जब तक तू हाथ में है, तब तक चतुरी समाज की घृणा का बदला उसे देता रहेगा! ...बदला... प्रतिशोध...प्रतिशोध!'

और सहसा चतुरी के कंधे की बंदूक उसके हाथ में आ गई, मानो वह किसी लक्ष्य-वेध के लिए तैयार हो रहा है!

सोनी इस समय पीछे चल रहा था। चतुरी के बन्दूक हाथ में लेते ही वह सँभल गया, बोला—"क्या बात है चतुरी?"

"कुछ नहीं सोनी...यों ही मन में कुछ उत्तेजना आ गई और उसके कारण हाथों ने बन्दूक को सम्हाल लिया। चले आओ, हमको अभी बहुत दूर जाना है।" चतुरी ने उत्तर दिया।

सोनी ने पूछा—"आगे के लिए क्या कार्यक्रम सोचा है आपने?"

चतुरी समझाने लगा—"सोनी! तुम जानते हो, हम लोगों को अब जिंदगी भर बन्दूक चलाने का पेशा करना है, इसी प्रकार जंगल की खाक छाननी है और वहाँ खाना पीना तथा सोना है, जहाँ जानवर भी अपनी जिन्दगी बसर नहीं करते। फिर भी हमें खुश रहना है। प्रारम्भ में न तुमने इस जिन्दगी की कामना की होगी, न मैंने। कामना तो क्या, मेरे लिए कल्पना भी कठिन थी। मैं भी वही सामाजिक जीवन बितान्रा चाहता था, जो दूसरे लोग बिताते हैं। मैंने भी उच्च शिक्षा, उच्च पद, कोठी, कार और न जाने किन-किन चीजों का स्वप्न देखा था। पर वह सब नहीं हुआ। भाग्य में बदा तो यह था जंगलों में भटकना, अँधेरी रातों में तैरकर नदियाँ पार करना, बिना खाए-पिए मीलों बिना रुके चलते रहना। पर यह सब हो गया। बिना चाहे भी तो मनुष्य की जिन्दगी में बहुत सी बातें हो जाती हैं और इसीलिए मेरी जिन्दगी में भी यह सब हो गया।"

“ठीक कहते हो चतुरी...ठीक कहते हो तुम।” सोनी भी मानो किसी गहरी विचार-परम्परा में उलझ गया था। कहने लगा—“मैंने भी कब कल्पना की थी इस जीवन की? मेरा तो ब्याह भी हो गया था। दो बच्चे थे, कितने प्यारे बच्चे! दस बीघा खेत था, उसी से अपने परिवार की गुजर-बसर करता था। सच कहता हूँ चतुरी, मैंने कभी किसी के साथ बेईमानी नहीं की, किसी से कुछ छीना नहीं, किसी की बहू-बेटी की ओर बुरी निगाह से नहीं देखा...पर किस्मत को क्या करूँ? गाँव के जमींदार ने मुझसे अनेक बार बेगार कराई और जब एक दिन मैं बीमार होने के कारण उसके यहाँ न जा सका तो वह बिगड़ गया। मेरे दरवाजे पर आकर मुझे बहू-बेटी की गालियाँ सुनाईं! भला कौन सुन सकता है वह सब? मुझे भी ताव आ गया और दो-चार बातें कह दीं। उसने मेरी स्त्री के लात मार दी और मुझसे हाथापाई करने लगा। आसपास के लोग इकट्ठे हो गए। उनमें से कुछ मेरे खानदान के भी थे। उन्होंने उसे पीट दिया।”

“तो इतना ही किस्सा था, जिस पर तुम्हें इतनी लम्बी सजा हुई?” चतुरी ने बात को आगे बढ़ाया। सोनी को बातें करते-करते काम करने में आनन्द आता था। वह बड़े उत्साह से अपनी बीती सुनाता हुआ चतुरी के पीछे-पीछे चला जा रहा था। बोला—“यही था मेरा अपराध, जिसके कारण मुझे वर्षों जेल की नारकीय यातनाएँ सहनी पड़ीं। जमींदार ने उस झगड़े को भयंकर फौजदारी का रूप दे दिया था। अपने पैर की अँगुलियों को कुल्हाड़ी से काटकर डाक्टरी सर्टिफिकेट देकर इतना बड़ा झगड़ा बना दिया था कि यदि ईश्वर सहायता न करता तो मुझे बहुत लम्बी सजा होती।”

सोनी की दर्द-भरी कहानी सुनकर चतुरी की आँखों में खून उतर आया था, पर किसी प्रकार आवेश रोककर बोला—“यही तो है उस समाज का न्याय सोनी, जो अपनी व्यवस्था पर गर्व करता है। उसकी व्यवस्था आज हमारे जीवन के लिए उत्तरदायिनी नहीं। हमारे सुधार का उसके पास कोई रास्ता नहीं। फिर हम लोग करें भी तो क्या? इस बन्दूक से बड़ा अब हमारा कौन हितैषी है इस संसार में?” कहते-कहते चतुरी फिर भावावेश में आ गया था।

सोनी ने उसका समर्थन किया—"ठीक कहते हो चतुरी। ...यही सब सोचकर तो मैं भी दस्यु-जीवन को अपनाने को बाध्य हुआ हूँ। मुझे तुम्हारे अन्दर अपने रहने योग्य सारा समाज समाया हुआ दिखाई देता है और इस बन्दूक में मेरा सबसे बड़ा खानदान है।"

सोनी की यह पूरी बात चतुरी ने बड़े उत्साह से सुनी, पर उसे उसका अपने लिए 'दस्यु' अभिधान अच्छा न लगा। बोला—"सोनी! हम लोग दस्यु नहीं। यह शब्द बहुत बुरा है। समाज को छोड़ देने के बाद भी हमें इस शब्द से पूरी घृणा है।"

"तब हम अपने को क्या कहेंगे चतुरी? ...समाज तो हमें 'दस्यु' ही कहेगा।" सोनी ने जिज्ञासा प्रकट की।

"अपनी दृष्टि में हम बागी हैं! ...कानून की दृष्टि में हम फरार हैं। समाज हमें दस्यु कह सकता है...डाकू मान सकता है...पर बागी हैं, हमें तो यह मानना चाहिये। हमने समाज के विधान के प्रति बगावत की है। ...उन घिसी-पिटी मर्यादाओं के प्रति बगावत की है, जो हमारे स्वस्थ जीवन-निर्माण में बाधक थीं, भले ही समाज ने हमारे साहस को सहन न किया हो और हमें वह सब करने के लिए विवश कर दिया हो, जिसे हम-तुम स्वप्न में भी नहीं चाहते थे और अब उसके फलस्वरूप हम हत्यारे-बागी हैं। हमने मनुष्य के खून से अपनी जिन्दगी को पाप-पंकिल बना लिया है।" कहते-कहते चतुरी फिर भावावेश में आ गया था। उसके कदम रुक गए और बन्दूक कंधे से उतार कर फिर उसने धरती पर टेक दी।

सोनी भी रुक गया। बोला—"ठीक कहते हो चतुरी! हम दस्यु नहीं, बागी हैं। समाज हमें डाकू कहकर जघन्य पाप करने को प्रेरित करता है।"

चतुरी ने बात आगे बढ़ाई—"सामने घने वृक्षों में चलकर अब विश्राम करेंगे, क्योंकि वहाँ बैठकर हमें आगे का कार्यक्रम निश्चित करना है। जब जिन्दगी के इस रास्ते पर आ ही गए हैं, तो एक योजना के अनुसार कार्य कना होगा।"

सोनी ने उसका समर्थन किया और फिर दोनों कुछ दूर पर दिखाई देने वाली वृक्षावली की ओर बढ़ गये।

आठ

धौलपुर के निकट चम्बल की डाँगों में लगभग चालीस बन्दूकधारियों का एक दल विश्राम कर रहा था। चारों ओर ऊँची करारों से घिरा एक मैदान था, जिसमें घने जंगली पेड़ खड़े थे। एक छायादार पेड़ से टिकाकर उन लोगों ने अपनी बन्दूकें रख दी थीं। पास ही एक बन्दूकधारी पहरे पर खड़ा था। कुछ लोग इधर-उधर बैठे बातें कर रहे थे और शेष लोग पेड़ों की छाया में धरती पर ही लेट गए थे। उनके दो साथी उसी मैदान में एक अन्य पेड़ के नीचे खाना पका रहे थे। थोड़ी देर में एक वृद्ध पुरुष चम्बल की ओर से नहाकर आता हुआ दिखाई दिया। उसके सिर पर लम्बी जटायें थीं और दाढ़ी भी पर्याप्त बढ़ी हुई थी। उसने एक पंचा काँछ रखा था तथा शरीर के ऊर्ध्व भाग पर राम-नामी उत्तरीय पड़ा हुआ था। गले में तुलसी की कई मालाएँ हिल रही थीं। हाथ में एक बड़ी माला थी, जो घूमती जान पड़ती थी। प्रतीत होता था कि वह राम-भजन करता हुआ आगे बढ़ रहा है। उसके एक हाथ में जल से भरा हुआ एक लोटा था और बगल में कोई पुस्तक दबी हुई थी। मैदान में आकर वह खड़ा हो गया। हाथ की माला गले में डालकर उसने सूर्य को जल का अर्घ्य दिया, फिर झुककर प्रणाम् की मुद्रा में भाव-मग्न हो गया।

इधर भोजन पकाने वाले आदमियों में से एक ने पास लेटे अपने एक साथी को संकेत करते हुए कहा—"दादा स्नान और भजन से निवृत्त होकर आ गए। जल्दी आकर उनके लिए भोजन परोस दो और अन्य लोगों से भी खाने को कहो।" इतनी देर में वह वृद्ध उस पेड़ के नीचे आ गया, जहाँ बन्दूकें रखी थीं। उसने पहरेदार से कहा—"जाओ, मेरे लिए खाना लाओ और अन्य लोगों को भी खिला दो।"

पहरेदार तुरन्त एक पत्तल में खाना परोस लाया। वृद्ध ने उसमें से एक ग्रास तोड़कर धरती को अर्पित किया, जल छिड़का और भोजन करने बैठ गया। अभी वे लोग एक-एक रोटी भी नहीं खा पाये थे कि दूर से आई कोई आवाज उनके कानों में पड़ी। एक युवक चिल्लाया—"दादा, पुलिस आ रही है!"

सब लोग भोजन छोड़कर उठने को उद्यत हुए, किन्तु वृद्ध ने उन्हें इशारे से रोक दिया। वह स्वयं भोजन छोड़कर उठ खड़ा हुआ। उसने अपनी दूरवीक्षण यंत्र जड़ित बन्दूक हाथों में सम्हाली और बोला—"तुम लोग निश्चिन्त होकर भोजन करो।" फिर उसने भोजन बनाने वालों को रोटियाँ बनाना बन्द करके सबकी बन्दूकें बाँट देने की आज्ञा दी और स्वयं मस्ती में झूमता हुआ पास की एक करार पर चढ़ गया। वहाँ से उसने चारों ओर दूरवीक्षण यंत्र से दृष्टि दौड़ाई। चम्बल के दूसरे किनारे पर उसे घाट के निकट दो मोटर ठेले और उनसे उतरते हुए कुछ सिपाही दिखाई दिये। वह वहाँ से धीरे-धीरे निश्चिन्त भाव से उतर कर फिर मैदान में आ गया।

जब सब लोगों ने रोटियाँ खाकर पानी पी लिया, तो उसने सबको चलने का संकेत किया।

अभी वे मैदान को छोड़कर करार के ऊपर भी नहीं आ पाये थे कि सहसा पुलिस ने उनके ऊपर गोलियों की वर्षा आरम्भ कर दी। वे लोग भी जहाँ-तहाँ पोजीशन लेकर गोलियाँ बरसाने लगे।

जेठ का महीना था। धरती आग उगल रही थी। चम्बल की बालू जलता हुआ भाड़ जान पड़ती थी, उस पर गोलियों की धुआँधार वर्षा! वृद्ध और उसके साथियों के लिए तो वह नित्य का पेशा बन गया था, पर सिपाहियों को ऐसा काम कभी-कभी ही करना पड़ता था। वे थोड़ी देर में ही घबरा उठे। पर उनके साथ इनाम पाने के लोभ में जो अधिकारी आया था, वह किसी को भी पीछे हटने नहीं देता था।

अचानक गिरोह की ओर से एक गोली ऐसी आई जो सीधी एक सिपाही की छाती में लगी। वह वहीं चम्बल की बालू में दम तोड़कर लुढ़क गया। उसे गिरता

देखकर अन्य सिपाहियों का धैर्य टूट गया। अधिकारी को भी प्राणों का मोह हुआ। सब भाग खड़े हुए।

बेतहाशा भागे जा रहे थे ये और उनके पीछे दौड़ रही थी गोलियों के रूप में मौत! पर उसी समय वृद्ध दस्यु का आदेश हुआ—"बंद करो। दुश्मन भाग गया।"

सभी बन्दूक-धारियों ने वृद्ध की आज्ञा का पालन किया। सूर्य ने देखा, धरती ने समझा—मौत का वह उन्माद दोनों दलों का साथ छोड़ चुका है। गिरोह का जो सामान मैदान में रह गया था, उसे लेने कुछ आदमी उधर चले गये। वृद्ध दस्यु दूरवीक्षण यंत्र से पुलिस को देखता रहा। सिपाहियों ने जब यह समझ लिया कि खतरा टल गया, तो वे जल्दी-जल्दी मोटर में बैठे और अदृश्य हो गये। उधर उस वृद्ध का गिरोह भी दक्षिण-पूर्व की ओर बढ़ता हुआ मुरैना की ओर दूर चला गया।

लगभग पाँच मील आगे पहुँचकर अभी वे लोग एक टीले पर घने वृक्षों के नीचे बैठ ही पाये थे कि दो बन्दूकधारी उन्हें अपनी ओर आते दिखाई दिये। वृद्ध दस्यु ने उन्हें दूर से देखा और पहरे पर खड़े अपने एक आदमी से कहा— "पूछो ये कौन हैं और इतनी निर्भीकता से इधर क्यों बढ़े आ रहे हैं। कह दो कि वहीं रुक जायें और शत्रु हों तो बन्दूक सम्हाल लें तथा सहायता चाहते हों तो बन्दूकें नीचे रखकर वहीं खड़े हो जायें।"

पहरेदार ने आवाज दी और उसके संकेत के अनुसार वे दोनों पुरुष बन्दूकें जमीन पर रखकर वहीं खड़े रह गए।

वृद्ध दस्यु ने अपने एक साथी को उनकी जाँच करने के लिए भेजा। थोड़ी ही देर में उन दोनों की बन्दूकें अपने हाथ में लेकर उनके साथ वह लौट आया।

पास आकर उन दोनों ने श्रद्धापूर्वक वृद्ध को प्रणाम किया। फिर उनमें से एक कहने लगा—"हम दोनों बागी हैं...हत्यारे बागी! समाज ने हमें घृणा दी है. ..तिरस्कृत किया और अध्यात्म के साधकों ने हमारी उपेक्षा की है। कई वर्ष हो गए हमें अपने-अपने घरों से निकले हुए। इस बीच हम एक नहीं, अनेक हत्याएँ कर चुके हैं, पर मन को सन्तोष नहीं हुआ। हम दोनों बहुत दिनों से आपके गिरोह में मिलने की योजना बना रहे थे, पर आज ही वह सौभाग्य आ सका। वह भी

इसलिए कि यहाँ पुलिस से आपकी मुठभेड़ हो गई तो गोलियों की आवाजें हमारे कानों तक पहुँचीं। राहगीरों से पूछने पर ज्ञात हुआ कि कुछ समय पहले आपका गिरोह ही उधर आया था। अनुमान लगाया कि पुलिस से टक्कर लेने वाला आपका ही दल हो सकता है और उसी अनुमान के सहारे हमने इधर आने का साहस किया।"

"परन्तु हमारे गिरोह में सम्मिलित होने वाले प्रत्येक व्यक्ति को जो नियम पालन करने होते हैं, वे तुम्हें मालूम हैं?" वृद्ध ने प्रश्न किया।

"आपकी जो आज्ञा होगी, हम सहर्ष उसका पालन करेंगे"– दूसरे पुरुष ने स्वीकृति देते हुए अपने चेहरे के भावों को बदल दिया।...

"और जब तक आपके गिरोह में रहेंगे, तभी तक नहीं, गिरोह से पृथक् होने के पश्चात् भी हम उनका पालन करेंगे" –प्रथम पुरुष ने उनकी बात को आगे बढ़ाया।

"तुम्हारे नाम? कुछ अता-पता?" –तभी दल के एक दस्यु ने प्रश्न किया। प्रथम पुरुष बोला–"मेरा नाम चतुरी है और इसका सोनी। ...कई डाकों में हम लोग भाग ले चुके हैं।"

"तो सुनो!" वृद्ध दस्यु कहने लगा–"हमारे दल में सम्मिलित होने वाले प्रत्येक व्यक्ति को एक बन्दूक लेकर आना होता है। सौभाग्य से तुम दोनों के पास बन्दूकें हैं। हम प्रत्येक नए सदस्य की बन्दूक को आरम्भ में तब तक अपने पास रखते हैं, जब तक हमें उस पर पूर्ण विश्वास नहीं होता।"

चतुरी ने स्वीकृति के स्वर में कहा–"हम दोनों को आपकी यह शर्त स्वीकार है" –हमारी तीसरी शर्त है कि हर नए सदस्य को हमारे विश्वास की दृढ़ता के लिए किसी भयंकर अपराध में सम्मिलित होना पड़ता है" –वृद्ध बोला। सोनी उत्साहित होकर कहने लगा–"एक नहीं, अनेक अपराधों में सम्मिलित होकर अपने विश्वास का प्रमाण देंगे।"

दोनों का इतना आग्रह कम नहीं था। वृद्ध जिसका नाम दानसिंह था, चौथा नियम बताता हुआ गर्व से फूल उठा–"हमारे दल में प्रविष्ट होने के पश्चात् कोई भी सदस्य माँस-मदिरा का सेवन और स्त्री-सहवास नहीं कर सकता।"

"हम लोग तो पहले से ही इस नियम का पालन करते हैं"—चतुरी बोल उठा। दानसिंह ने कहा—"हमारे दल में किसी भी पीड़ित को सताने, बिना आवश्यकता लूट करने तथा अकारण स्त्री, बालक एवं वृद्ध पर हाथ उठाने की आज्ञा नहीं है।"

"हमें यह नियम भी हृदय से स्वीकार है"— दोनों एक स्वर में बोल उठे। वृद्ध दस्यु दानसिंह को उनके आचरण पर पूर्ण विश्वास हो गया। उसने आज्ञा दी— "अब तुम दोनों दल के सदस्य हो सकते हो।"

उसके पश्चात् कई घंटे तक वह दस्यु-दल वहाँ विश्राम करता रहा। चतुरी और सोनी को आज कई दिनों के बाद चैन से सोने का अवसर मिला। संध्या तक उस दल में पूर्ण शान्ति और मस्ती का जीवन रहा। जब रात्रि का अंधकार धरती पर उतरने लगा तब दस्युराज दानसिंह ने एक घृत-दीप जलाकर देवी के चित्र की आरती उतारी। अन्य सभी दस्युओं के साथ चतुरी और सोनी ने भी संध्या-प्रार्थना में भाग लिया। अन्त में सबने भगवती भवानी की जय का नारा लगाया और आरती के बाद वे सब लोग दस्युराज के पीछे चल पड़े।

रातभर चलकर मुरैना के जंगलों को पार करता हुआ वह गिरोह भिण्ड जिले की सीमा में जा पहुँचा। रास्ते में उसने दो ग्रामों में भोजन-सामग्री के लिए डाका डाला। चतुरी और सोनी ने उन दोनों में भाग लिया। अतः अल्पकाल में ही उन्होंने अपने दस्युनायक का विश्वास प्राप्त कर लिया।

चतुरी को बचपन में एक ज्योतिषी मिला करता था। उसने कई बार उसका हाथ देखा था, माथे की रेखाएँ पढ़ी थीं और कहा था—तू बड़ा पराक्रमी होगा। एक दिन राजा बनेगा...ऐसा राजा जिसकी वक्र भृकुटियाँ बड़ों-बड़ों का हृदय कँपा दिया करेंगी।

और आज दस्यु दानसिंह के साथ चलता हुआ वह सोच रहा है—सचमुच मैं राजा हूँ...जंगल का राजा! ...मेरे क्रोध में न जाने कितनों का भाग्य छिपा हुआ है...काला, अनिश्चित दुर्भाग्य!

और फिर वह नगर की उन रंगीन रातों को याद करने लगा, जब अपने मित्रों के साथ सड़कों पर घूमता-घूमता सिनेमाघर पहुँचता था। ...चाय...सिगरेट, पान और कभी-कभी ब्राण्डी भी। ...कैसा था वह जीवन, जिसने ज्ञान की सीमाओं से निकालकर उसे उस भविष्य में पहुँचा दिया जो अब अतीत बनकर उसके दुर्भाग्य पर हँस रहा है।...

...और वह ज्योतिषी! कितना सच्चा था वह...उसे न जाने क्यों प्रेम करने लगा था। ...शायद इसीलिए कि वह कभी-कभी प्रसन्न होकर उसे पैसे देता था। ...सिगरेट पिला देता था और इसीलिए उस ज्योतिषी ने उसे हस्तरेखाओं का ज्ञान भी कराया था...आकाश में नक्षत्रों की गति समझाई थी।

सहसा चतुरी किसी गहरे भाव में डूब गया...डूबता चला गया...और फिर शीघ्र ही कुछ सम्हलकर उसने अपने हाथों को मींड़ा...दोनों हाथ फैलाए और बड़े ध्यान से उनकी रेखाएँ पढ़ने लगा।

उस समय वह एक करार से उतर रहा था। अर्द्धनग्न पैरों में चमरौदे जूते और सिर पर बिखरे हुए लम्बे बाल। दानसिंह से लेकर उसने भी एक तुलसी की माला पहन ली थी। हाथों की रेखाएँ देखने में व्यस्त होने के कारण वह टीले से ठोकर खाकर गिरता-गिरता बचा। तभी पीछे से आकर दानसिंह ने उसको सम्हाल लिया। दस्युराज बोला – "क्या सोच रहे हो चतुरी?"

"कुछ नहीं दादा! ...हाथ की बदलती रेखाएँ देख रहा था! ये रेखाएँ कितनी तेजी से बदल रही हैं...कई वर्ष हुए जब इन रेखाओं में फाँसी के तख्ते पर चढ़ने के संके वर्तमान थे...पर अब...अब ये बदलकर कुछ नये ही संकेत दे रही हैं।" चतुरी ने गंभीर होकर कहा।

"और तुम इन संकेतों की भाषा को समझते हो? ...तो तुम ज्योतिषी भी हो?" दानसिंह ने आश्चर्य की मुद्रा में पूछा।

"नहीं दादा! ज्योतिषी तो नहीं, पर कभी-कभी मेरी बुद्धि भविष्य के कुछ संकेतों को समझ लेती है।" चतुरी ने दानसिंह के प्रश्न का विनम्र भाव से उत्तर दिया।

और उस समय दानसिंह को यह ज्ञान हुआ कि चतुरी ज्योतिष भी जानता है तब से वह चतुरी का बहुत सम्मान करने लगा। दानसिहं का यह नियम था कि वह अपने दल के साथ किसी भी स्थान पर एक दिन से अधिक नहीं ठहरता था, उसके धन से कुछ ऐसे नागरिक भी पलते थे, जो बराबर पुलिस की गतिविधियों की सूचना उसके पास पहुँचाया करते थे।

भिण्ड के जंगल में बढ़ता हुआ उसका गिरोह जब प्रातःकाल लगभग चार बजे अटेर से बिण्डवा गाँव के पास चम्बल को पार कर रहा था, तब अचानक एक व्यक्ति ने आकर सूचना दी कि यू.पी. और मध्य भारत की पुलिस दोनों ओर से घेरा डाल रही है, पी.ए.सी. के कई ट्रक नंदिग्राम तक आ चुके हैं, उधर अटेर के घाट तक मध्य प्रदेश की पुलिस आ गई है। दानसिंह ने उस संदेश-वाहक को वापिस जाने का संकेत कर गिरोह को बंदूकें चलाने के लिए पोजीशन लेने की आज्ञा दी। सभी लोग सावधान हो गए। तभी चतुरी ने कहा– ''दादा! मेरा मन इस समय बड़े अमंगल की आशंका कर रहा है। ...न तो यहाँ रुकना ठीक है और न चम्बल पार करना।'' अभी चतुरी की बात पूरी भी नहीं हो पाई थी कि दस्युराज बोल उठा– ''तब तुम्हारे विचार से क्या करना उचित होगा?''

''इस समय हम निर्भय होकर पूर्व दिशा में बढ़ चलें, इसी में कल्याण है।'' चतुरी ने साहस के साथ उत्तर दिया। गिरोह के अन्य सदस्यों ने समर्थन किया और वे सब पूर्व की ओर बढ़ गए।

मध्य प्रदेश की पुलिस के कुछ सिपाही अटेर के घाट से खारों और भरिकों को पार करते पैदल बिण्डवा की ओर चले गए थे। वे बड़ी तेजी से बढ़े जा रहे थे। उनके पास भी गुप्तचर समाचार लेकर पहुँच चुका था कि दानसिंह का गिरोह चम्बल पार करने वाला है।

अभी पौ फटने में कुछ देर थी। रात्रि की कालिमा जंगल की पगडंडियों से चम्बल के किनारों तक अपना धूमिल चीर फैलाए हुई थी। पैदल जाने वाले सिपाही आगे बढ़ते हुए बिण्डवा गाँव के निकट चम्बल तक पहुँच ही पाए थे कि नन्दिग्राम की ओर से आती हुई यू.पी. की पुलिस ने सहसा उनको दानसिंह के

गिरोह का सदस्य समझकर गोलियों की वर्षा आरम्भ कर दी। इधर इन सिपाहियों ने भी यह समझा कि दस्युदल चम्बल पार करके गोली चला रहा है। अतः इन्होंने भी गोलियों का उत्तर गोलियों से दिया। लगभग आधे घण्टे तक दोनों आरे से गोलियों की वर्षा होती रही। जब तक दोनों ओर के सिपाहियों का भ्रम दूर न हुआ, तब तक मध्य प्रदेश की पुलिस के दो सिपाही स्वर्ग सिधार चुके थे।

उधर दानसिंह का गिरोह उतनी देर में संकट की सीमा के बाहर हो गया। लगभग तीन मील आगे निकल कर उन लोगों ने चम्बल पार की और बड़ी तेजी से वे यमुना के जंगल की ओर बढ़ गए।

नौ

नगर का जनरव धीरे-धीरे अंधकार के गर्भ में समाता जा रहा था। केवल स्टेशन जाते हुए इक्के-ताँगे वालों की आवाजें कुछ तीव्र थीं। दुकानों से उठता हुआ पत्थर के कोयलों का धुआँ नगर के वायुमण्डल में अपनी विषैली छाया भरने लगा था। दक्षिणी मोहल्ले के बीच बनी कोतवाली का पहरेदार आराम से खड़ा किसी मनचले आदमी से बातें करने में व्यक्त था। कोतवाली में भीतर भी बाहर के वातावरण की तरह ही निर्जीवता-सी छाई हुई थी। एक बूढ़ा दीवान दीवार के सहारे बैठा हुआ सामने की डैस्क पर रखे रोजनामचे पर पैर फैलाये सिगरेट का कश ले रहा था।

अचानक एक खाट पर एक घायल को लिए हुए कुछ आदमी कोतवाली के द्वार पर आकर रुके और पहरेदार का इशारा पाकर तेजी से भीतर चले गए। उनके पीछे सड़कों पर बेकार घूमने वाले बच्चे, बड़े और बूढ़े तमाशबीन भी चले आये थे। पहरे पर खड़े सिपाही ने उनको वहीं रोक दिया। थोड़ी देर बाद भीतर जाने की आज्ञा न मिलती देखकर, वे लोग तितर-बितर हो गए।

कोतवाल का दीवान अब सावधान होकर बैठ गया था। दो-चार सिपाही आ गए थे। वे घायल की हालत देख रह थे। उसकी जाँघ में गोली लगी थी, जिसका

काफी गहरा घाव हो गया था। खैरियत यह थी कि गोली हड्डी में नहीं लगी थी। तिरछी माँस में होकर निकल गई थी, जिसे कपड़े की एक मोटी पट्टी से बाँध दिया गया था। किन्तु, रक्त अब भी अधिक निकल रहा था, जिससे समस्त पट्टी तर हो रही थी। जाँघ से निरन्तर रक्त-स्राव होने पर भी उसके चेहरे पर कोई विशेष सिकुड़न नहीं पड़ी थी। उसके साथ जो आदमी आये थे, वे पर्याप्त बलिष्ठ और स्वस्थ थे। सबकी वेशभूषा अलग-अलग थी। कोई कुर्त्ता-धोती पहने था और कोई आधी काँछ व कमीज के ऊपर जाकिट पहिने था। घायल व्यक्ति की कमीज कई जगह से फटी हुई थी। उसके पैर में जूतियाँ नहीं थीं, किन्तु शेष सब लोग चमड़े के देखी जूते पहने हुए थे। उन लोगों के चेहरों से तत्परता और अधीरता के भाव व्यंजित हो रहे थे।

सहसा उन आदमियों में से एक ने आगे बढ़कर दीवान से कहा – "जल्दी करो सरकार! रिपोर्ट लिख लो और घायल को मलहम-पट्टी के लिए अस्पताल पहुँचा दो। ...गहरा घाव है हुजूर! गोली लगी है! एक घण्टे से खून बह रहा है. ..हुजूर! जल्दी करो, नहीं तो हमारा आदमी..." कहते-कहते उस व्यक्ति ने आवाज बदल ली। साथ के अन्य आदमियों ने भी उसकी बात को दोहराया, जिससे दीवान की सुस्ती को एक चाबुक-सा लगा। वह उठ खड़ा हुआ और चारपाई के निकट आकर उसने घायल व्यक्ति पर एक दृष्टि डाली।

घायल ने कराह भरते हुए चेहरे का रंग कुछ बदला और दोनों हाथ जोड़कर दीवान को नमस्कार किया। बोला—"हुजूर, मेरे माई-बाप हैं। मुझे आपने पहचान लिया होगा। वही गोधन का नगला, जहाँ आपको याद होगा गाँव के पूर्वी सिरे पर मेरी पक्की हवेली है, जिसके आगे चबूतरे पर नीम का पेड़ खड़ा है। वहाँ आप तो गए थे। मैंने आपको गुड़ और दूध पिलाया था। हुजूर! याद है न आपको? इस बार मेरी जान बचा लीजिए, फिर कभी हुजूर आयेंगे, तब बड़ी खातिरदारी करूँगा...। और..." कहते-कहते उसने फिर कराह भरी। दीवान अफीम खाता था। उसने घायल की बात को अनसुना-सा कर दिया। सोचा—मैं कभी इसके यहाँ गया हूँगा जिसकी इसे याद है। फिर वह अपने आसन पर आ बैठा। घायल के

प्रति उसे थोड़ी सहानुभूति अवश्य बढ़ गई। अतः जल्दी-जल्दी रिपोर्ट लिखने लगा।

पास खड़े सिपाही कभी इधर-उधर घूमने लगते थे। उन आदमियों में से एक ने उन सब सिपाहियों को पाँच का एक-एक नोट दिया और दीवान को दस का एक नोट। फिर वे जल्दी काम कर देने की प्रार्थना करते हुए वहीं जमीन पर बैठ गए। उन सिपाहियों में से एक की पत्नी बीमार थी। उसके छोटे-बड़े सात बच्चे थे, जिन्हें छोड़कर वह अस्पताल में भरती नहीं हो सकती थी। चारपाई पर पड़े रहने पर भी घर का इंतजाम सम्हाले रहती थी। अतः बेचारा सिपाही डाक्टर को घर बुलाने के लिए विवश था। परन्तु फीस लिए बिना कोई भी डाक्टर घर नहीं आता था। अतः जब उस सिपाही को अचानक अयाचित पाँच रुपये मिले तो उसने मन में प्रसन्न होकर उन्हें स्वीकार किया और डाक्टर को ले जाकर पत्नी को दिखाने के लिए वहाँ से चुपचाप खिसक गया। दूसरे सिपाही का लड़का एक स्कूल में पढ़ता था। उसकी आधी फीस तो माफ थी, पर शेष आधी फीस वह दो महीने से नहीं दे पाया था, जिसके कारण प्रधानाध्यापक ने उसका नाम काट दिया था। अतः वह सिपाही भी पाँच का नोट पाकर मन ही मन शंकर भगवान् का स्मरण करने लगा। उसने सोचा – 'भगवान् बड़ा दयालु है। मेरे लड़के की पढ़ाई कल से बन्द होने वाली थी, पर अब इन रुपयों से उसकी फीस चुकती हो जाएगी। और यों अनेक विचारों में डूबा वह भी वहाँ से अदृश्य हो गया। एक तीसरा सिपाही पुलिस में नौकर होने से पहले एक जमींदार के यहाँ काम करता था। जमींदार को शराब पीने का शौक था, अतः उस सिपाही को कभी-कभी एक-दो प्याले मिल जाते थे, जिसके कारण उसे शराब पीने की बुरी आदत पड़ गई थी। पुलिस में आने पर उसकी वह आदत कोशिश करने पर भी न छूटी, क्योंकि यहाँ भी कभी-कभी शराबियों का साथ हो जाता था। फिर भी उसने पीना बहुत कम कर दिया था। पर जब कभी बिना पिए अधिक दिन हो जाते थे, तो वह बेचैन हो उठता था। आज जब अचानक पाँच रुपये मिले, तो वह सीधा मदिरालय की ओर चला गया। चौथे सिपाही को विवाह के बीस वर्ष पश्चात् धर्म-कर्म करने पर एक

पुत्र की प्राप्ति हुई थी, वह शिवजी के मन्दिर में एक घड़ा चढ़ाना चाहता था। पाँच रुपये पाकर उसे भी अपनी मनोकामना पूर्ण करने की सूझी। इधर दीवान को दो दिन से अफीम पूरी मात्रा में नहीं मिली थी, इसलिए वह दस रुपये का नोट पाकर प्रसन्न हो अपने भाग्य की सराहना करके रिपोर्ट लिखने में दत्तचित्त हो गया था।

कोतवाली में उस समय कोई सब-इन्स्पेक्टर नहीं था। सभी किसी न किसी घटना की जाँच-पड़ताल में गए थे। कोतवाल साहब बड़े धार्मिक व्यक्ति थे। वे प्रातः और सायंकाल दो-दो घण्टे संध्या-वंदन करते थे। इस समय वे आरती करके सायंकालीन भजन में व्यस्त थे। अपने जीवन में उन्होंने कभी छोटी-मोटी रिश्वत नहीं ली थी तथा कभी किसी घटना में किसी का प्रकट रूप में पक्षपात नहीं किया था। इसलिए सभी पुलिस कर्मचारी उनसे भयभीत रहते थे।

दीवान जानता था कि इस समय कोतवाल साहब भजन-पूजन कर रहे होंगे, इसलिए उसने जल्दी रिपोर्ट लिखकर और उन्हें सूचित करके घायल को अस्पताल भेज देने का विचार किया। उसकी कलम तेज हो गई। घायल का एक साथी बोलता जा रहा था– "हम लोग गोधन का नगला के रहने वाले, जाति के ब्राह्मण हैं। हम सबका खानदान एक ही है। इस घायल का नाम रामधन है। यह मेरा चचेरा भाई लगता है। पड़ौस में ठाकुर हजारसिंह रहते हैं। उनके पास जमीन-जायदाद थोड़ी है, पर वे घर बीस-पच्चीस आदमी हैं। रामधन के पिता सीताराम से उसकी कई बार लड़ाई हो चुकी है। इस बार छोटी-सी बात पर झगड़ा जो हुआ तो ठाकुर हजारसिंह बन्दूक निकाल लाए और उन्होंने रामधन पर गोली चला दी। भाग्य से गोली जाँघ में लगी और तब तक हम लोग आ गये, जिससे इसकी जान अब तक बची हुई है। इस समय रामधन के घर पर कोई नहीं है। इसके परिवार के सब लोग तीर्थ-यात्रा को गए हैं, इसलिए हम लोगों को इसके साथ आना पड़ा।" दीवान ने रिपोर्ट लिखी, उन सबको सुनाई और पहले घायल व्यक्ति की अँगूठा-निशानी ली, फिर रिपोर्ट लिखाने वाले ने, जो पढ़ा भी था, अपने हस्ताक्षर किये।

दीवान ने समस्त आवश्यक कार्यवाही करके और कोतवाल साहब की आज्ञा लेकर दो नए सिपाहियों के साथ उस घायल को अस्पताल भेज दिया। वहाँ उसकी जाँच की चिकित्सा हुई। काफी गहरे घाव से गोली निकाली गई। डाक्टर ने कहा कि यदि तुम लोग यहाँ आने में घण्टे भर की भी देर और कर देते तो घायल समाप्त हो जाता। उसके एक साथी ने डाक्टर को बीस रुपये दिए और उसके प्रति कृतज्ञता प्रकट की। साथ आए हुए सिपाही अभी तक उस घायल की वास्तविकता के प्रति असावधान थे। वे अभी तक इसे फौजदारी का केस समझे हुए थे इसलिए वे आराम से बाहर बरामदे में बैठे धूम्रपान में मस्त थे। चिकित्सा के बाद डाक्टर ने जिस कमरे में घायल को लिटाया, उसका एक द्वार अस्पताल की दक्षिणी चारदीवारी के निकट खुलता था और उस चारदीवारी में भी उधर एक छोटा द्वार था, जो सड़क पर खुलता था। घायल के साथ जो लोग आये थे उनमें से एक आदमी अस्पताल में पहुँचने के बाद चुपचाप गायब हो गया था। थोड़ी देर बाद एक कार चारदीवारी के छोटे द्वार के पास रुकी। ड्राइवर उसी में बैठा रहा और वह आदमी उसमें से उतर कर फुर्ती से अस्पताल में चला गया। उसका संकेत पाकर उसके साथ के सब आदमी घायल के कमरे में आ गए और चारदीवारी के द्वार के पास लगी बत्ती को बुझा का बहुत तेजी से घायल को उठा लाये। उन्होंने उसे कार में लिटाया और स्वयं भी बैठ गये। देखते-देखते वह कार धुँधले प्रकाश और चारों ओर छाये हुए भट्टियों के धुएँ में सोई सड़क पर तेजी से दौड़ती हुई दक्षिण की ओर चली गई। तीन-चार फर्लांग के बाद नगर समाप्त हो जाता है और दूर जंगल में होती हुई वह सड़क यमुना नदी के घाट से मिलती है। वह कार घाट तक न जाकर लगभग एक फर्लांग पहले ही रुक गई और वहाँ उसमें बैठे हुए लोगों ने घायल को उतार लिया। उन आदमियों में से एक ने सीटी की ध्वनि की और देखते-देखते कई बन्दूकधारी सड़क के निकट जंगल की झाड़ियों से निकल पड़े। उनके पास तेज चलने वाला एक घोड़ा था, उस पर उन्होंने घायल को बिठाया और तीव्रता से वे सब यमुना की ओर जंगली मार्ग से बढ़ गए। उनमें से एक बन्दूकधारी कार में ड्राइवर के साथ बैठा और फिर वह कार भी देखते-देखते घाट में होकर अदृश्य हो गई।

दस

तीसरे दिन दैनिक 'प्रकाश' में शीर्षक छपा– 'चतुरी ने पुलिस को चकमा दिया।' और आगे विस्तार से समाचार दिया गया था–

शिवपुरी का प्रसिद्ध दस्यु चतुरी आजकल यमुना और चम्बल के बीहड़ में भयंकर आतंक फैला रहा है। वह कुछ समय पूर्व दानसिंह के गिरोह में अपने साथी सोनी के साथ सम्मिलित हुआ था। धीरे-धीरे उसने अपना नया गिरोह बना लिया है। इस समय उसके गिरोह में लगभग 80 आदमी हैं और वे सबके सब श्रेष्ठतम अस्त्र-शस्त्रों से सुसज्जित हैं। अवसर पाकर वे पुलिस से मुठभेड़ करने, अचानक जंगल में छिप जाने और फिर पीछे से पुलिस पर आक्रमण कर देने में बड़े दक्ष हैं। उन सबके पास दूरबीनें हैं, जिससे वे कोसों दूर से आने वाले संकट को देख लेते हैं। दानसिंह के गिरोह से कई अच्छी बन्दूकों के साथ वे इन दूरबीनों को ले आये हैं। दानसिंह इस गिरोह को समाप्त कर देने के लिए घायल शेर की तरह हर राह छानता फिर रहा है। चार दिन से यू.पी. और मध्य भारत की सशस्त्र पुलिस भिण्ड के जंगल में इस नए गिरोह का घेरा डाल रही थी। दो दिन बराबर गोलियाँ चलीं, किन्तु कोई भी डाकू न पकड़ा जा सका और न मारा जा सका। पुलिस के चार सिपाही अवश्य हताहत हो गए और एक सब-इन्स्पेक्टर भी मरते-मरते बचा।

दस्यु-सरदार चतुरी इस मुठभेड़ में घायल हो गया था। उसकी जांघ में गोली लगी थी। यदि कुछ घण्टों तक उसका उपचार न होता, तो वह समाप्त हो जाता। किन्तु, उसने बड़ी दूरदर्शिता से काम लिया। घायल होते ही उसने अपने दल को चार टुकड़ियों में विभाजित कर दिया। एक टुकड़ी, जिसमें लगभग बीस दस्यु होंगे, वहीं पुलिस का सामना करती रही। लगभग 15 दस्युओं की दूसरी टुकड़ी चुपचाप

वहाँ से रवाना हो गई और उसने पुलिस के घेरे को, पीछे से गोलियों की वर्षा करके तोड़ने की चेष्टा की। तीसरी टुकड़ी, जिसमें लगभग 35 डाकू थे, बहुमूल्य अस्त्र-शास्त्रों को लेकर पूर्व दिशा में चली गई और शेष डाकू अपने सरदार चतुरी को किसी गुप्त स्थान के लिए उठा ले गए।

लगभग आठ घण्टे तक डाकुओं की वे दानों टुकड़ियाँ आगे-पीछे से मोर्चा लेकर पुलिस पर गोलियाँ बरसाती रहीं। सिपाहियों को उस समय यह ठीक-ठीक पता न लग सका कि डाकू संख्या में कितने हैं और वे किधर-किधर मोर्चा लिए हुए हैं। जब उन दोनों टुकड़ियों के पास गोलियाँ कम रह गईं और अपने सरदार के सुरक्षित स्थान में पहुँच चुकने का अनुमान लगा लिया, तब वे धीरे-धीरे गोली चलाना बन्द करके पश्चिम की ओर भाग निकले। पुलिस ने उसी दिशा में उनका पीछा किया। मार्ग के जंगल में बसे गाँव वाले और चम्बल के किनारे मिलने वाले मल्लाहों ने भी यही पता दिया कि दस्यु दल पश्चिम दिशा में बढ़ गया है। पुलिस आधी रात तक उसी दिशा में उनका पीछा करती रही।

किन्तु रात के लगभग 12 बजे 'वायरलैस' से यह सूचना मिली कि दिन में घायल होने के बाद दस्यु चतुरी बड़ी चालाकी से अपने आठ-दस साथियों के कंधों पर यमुना के जंगलों को पार करके इटावा की कोतवाली में उपस्थित हुआ। वहाँ फौजदारी के झगड़े की रिपोर्ट लिखाकर उसने पुलिस की निगरानी में वहाँ के अस्पताल में जाँघ से गोली निकलवाई। फिर घाव का तात्कालिक उपचार कराने के पश्चात् अस्पताल के कर्मचारियों को चकमा देकर अपने साथियों सहित एक कार में बैठकर यमुना के जंगल में भाग गया।

कोतवाल और एस.पी., जो दस्यु-अभियान में कई स्थानों पर सफलता पा चुके हैं ओर जिन्हें कई पुरस्कार भी मिले हैं, उस समय चकित हो गये जब पुलिस गोधन का नगला के हजारसिंह को उनके परिवार के अन्य आदमियों के साथ मय उनकी बन्दूक के फौजदारी केस में गिरफ्तार करके लाई और वे सबके सब चिल्ला-चिल्ला कर स्वयं को निरपराध घोषित करने लगे। उन्होंने बताया कि हमने किसी पर गोली नहीं चलाई और न हमारे गाँव में कोई झगड़ा हुआ है। पंडित

रामधन से हमारा कोई वैमनस्य नहीं है। इस समय वे गाँव में भी नहीं हैं, क्योंकि सपरिवार पाँच दिन पहले ही वे तीर्थयात्रा को चले गये हैं।

पुलिस अस्पताल से घायल को गायब कर देने के अपराध में डाक्टर को भी गिरफ्तार करके लाई थी और वह अपने को निरपराध बता रहा था। जो गोली घायल की जांघ से निकाली थी, एस.पी. और कोतवाल दोनों उसे देखकर इस निर्णय पर पहुँचे कि वह हजारसिंह की बन्दूक की नहीं है। इन अधिकारियों को समस्त रहस्य का पता तब चला जबकि कार कोतवाली के सामने आकर रुकी और उसके ड्राइवर ने भय, अधीरता और करुणामिश्रित स्वर में उनके सामने गिड़गिड़ाकर यह प्रार्थना की कि मेरा बड़ा भाई सेठ हरदयाल इस समय यमुना के जंगल में डाकुओं के बंधन में है। हम दोनों सायंकाल भिण्ड से अपने गाँव को आ रहे थे। अँधेरा हो चला था। अचानक यमुना के पुल से दक्षिण की ओर लगभग तीन मील दूर पर पच्चीस-तीस बन्दूकधारियों ने कार को रोक लिया और मेरे बड़े भाई को उतारकर उनमें से कुछ आदमी जंगल की ओर खींच ले गये। जो आदमी बचे उन्होंने मुझे आज्ञा दी कि अगर तुम्हें अपने भाई को सकुशल वापिस लेना है, तो इस कार को इटावा अस्पताल में ले जाकर हमारे घायल आदमी को अन्य साथियों सहित जहाँ वे बताएँ वहाँ सुरक्षित पहुँचा दो। शहर में घुसने से पहले तुम्हें एक आदमी, जो सादा वेश में होगा, मार्ग में मिलेगा और वह केवल संकेत से तुम्हारी कार रोककर चुपचाप तुम्हारे साथ जाएगा तथा शेष सब काम करेगा। याद रखो, यदि किसी प्रकार तुमने रहस्य खोल दिया तो तुम्हारे भाई को हम गोली से उड़ा देंगे और तुम्हारे परिवार वालों को भी जीवित न छोड़ेंगे।"

वह आदमी रोता हुआ आगे कहने लगा– "हुजूर! अपने भाई की हत्या और अपने परिवार के नाश के भय से मुझे वही करना पड़ा, जो कुछ उन लोगों ने कहा था, किन्तु उसके बाद भी उन्होंने मेरे भाई को न छोड़ा। अब वे मुझसे पचास हजार रुपयों की माँग कर रहे हैं और कहते हैं कि दो दिन के भीतर रुपये न आने पर तुम्हारे भाई को मौत के घाट उतार दिया जायगा तथा तुम्हारे घर में आग लगा दी जायेगी..."

पुलिस के उच्च अधिकारी इन समस्त घटनाओं के कारण आश्चर्य में डूबे हुए थे। उन्होंने उस दस्यु-दल की कार्यवाहियों की सूचना वायरलैस से यमुना-चम्बल के किनारे के सभी पुलिस-केन्द्रों को दी। डाक्टर तथा हजारसिंह को मुक्त किया और उस सेठ ड्राइवर को हिरासत में लेकर वे सशस्त्र पुलिस के साथ डाकुओं का पीछा करने चले गये। किन्तु अभी तक न कोई डाकू पकड़ा गया है और न यही पता चला कि वे किधर गये हैं। पलिस यमुना और चम्बल के खारों में उनकी खोज कर रही है।

ग्यारह

यू.पी और मध्य प्रदेश की सशस्त्र पुलिस लगातार कई दिनों तक घेरा डालकर यमुना और चम्बल के जंगलों में चतुरी के दल की खोज करती रही। पुलिस के उच्च अधिकारी साथ में थे। उन्होंने इस बार चतुरी को समाप्त कर देने का दृढ़ निश्चय कर लिया था। वे बराबर रामलखन को साथ लेकर उसके द्वारा बताए हुए क्षेत्र की खाक छानते रहे। दस्युदल को खोजते हुए वे पूर्व में यमुना-चम्बल के संगम तक जा पहुँचे, किन्तु दस्यु-दल का पता न लग सका। राह में मिलने वाले गाँवों के निवासी, पूछने पर पुलिस से भयभीत होकर गलत बता दिया करते थे कि दस्यु-दल रात को इधर से निकल गया है। अनेक लोगों की सिपाहियों ने पिटाई की, अनेकों को मुखबिर बनाकर वे अपने साथ भी ले गये, किन्तु सही पता न लग सका।

सेठ राजलखन बहुत घबराया हुआ था। डाकुओं ने पचास हजार रुपये देकर अपने भाई हरदयाल को छुड़ाने का जो समय बताया था, वह निकल चुका था, इसलिए वह कभी-कभी अपने भाई के दुर्भाग्य का स्मरण करके फूट-फूट कर रोने लगता था।

पुलिस के सिपाही और अधिकारी डाकुओं को खोजते-खोजते बहुत थक चुके थे। शारीरिक थकान के साथ-साथ विफलता-जन्य मानसिक थाकन भी आ गई थीं इसलिए विश्राम करने के लिए वे सब इधर-उधर टीलों पर बैठ गये थे। इस बार उन्होंने जैसा धोखा खाया था, वैसा धोखा पहले कभी नहीं खाया था। उच्च अधिकारीगण डाकुओं पर जितने खीझे हुए थे, उससे अधिक वे सेठ रामलखन पर क्रुद्ध थे। वे सोचते थे कि रमालखन ने जान-बूझकर पुलिस को धोखा दिया है।

इस अभियान के सर्वोच्च अधिकारी ने रामलखन को पास बुलाकर फटकारा– "अब तुम्हारी खैर नहीं है। तुमने डाकुओं से कोई विशेष लाभ उठाकर अपनी कार में घायल दस्यु को अस्पताल से जंगल पहुँचाया और यह सोचकर कि भेद खुलने पर पुलिस तुम पर अभियोग लगायेगी, तुम हमारे सामने उपस्थित हुए तथा डाकुओं द्वारा सेठ हरदयाल के पकड़े जाने का बहाना बनाया। तुमने सोचा होगा कि यों पुलिस को अच्छी तरह चकमा दिया जा सकता है और डाकुओं की सहायता करने के अपराध से बचा जा सकता है। तुम्हारी बातों में आकर इतनी पुलिस और पी.ए.सी. चार दिन से परेशान है। हम सब जंगल में मारे-मारे फिर रहे हैं, किन्तु डाकुओं का कहीं नाम-निशान नहीं। तुम जान-बूझकर हमें गलत दिशा में ले आए हो। अब हम तुम को किसी शर्त पर नहीं छोड़ सकते। तुम्हें वर्षों जेल के सींकचों की हवा खानी होगी।" कहते-कहते पुलिस अधिकारी उत्तेजित हो उठा। उसकी आँखों में खून उतर आया। वह उछल कर खड़ा हो गया और उसी आवेश के साथ उसने कुछ दूर पर बैठे सब-इन्स्पेक्टर को आवाज़ दी– "अहमद! इस सेठ के बच्चे को दो ठोकरें लगाओ और रस्सियों से कसकर अपने साथ ले चलो। हम लोग अब आगे नहीं बढ़ेंगे।"

रामलखन के पैरों के नीचे से जमीन खिसक रही थी। ऊपर का आसमान और आसपास के टीले–सब उसे धूमते हुए नजर आ रहे थे। उसके अन्तर्जगत् में भयंकर हलचल मच गई थी। वह भय से थर-थर काँप उठा। आँखों से आँसुओं

का झरना फूट निकला और लगातार हिचकियाँ बँध गईं। उसके मुँह से एक भी शब्द न निकला। एक क्षण के लिए अतीत और भविष्य के अनेक दृश्य उसके मनोजगत् में घूम गए। अन्त में भर्राई हुई आवाज में साहस करके उसने कहा, ''श्रीमान्! आप अधिकारी हैं, सब कुछ कर सकते हैं। यदि मैं कुछ कहना भी चाहूँ, तो उसे यहाँ ईश्वर भी नहीं सुन सकता। आप चाहे जो कीजिए। मेरे भाई को उधर डाकुओं ने गोली से उड़ा दिया होगा और यहाँ आप मेरा भी फैसला कर दीजिए। आपके हाथ में बन्दूक है, मेरे लिए भी एक गोली पर्याप्त है।''

पुलिस अधिकारी इस समय क्रोध में था। उस पर रामलखन के शब्दों का कोई प्रभाव नहीं हुआ। अहमद ने उसकी आज्ञा का पालन करते हुए तेजी से आकर रामलखन को जोर से जूते की ठोकर दी, जिससे वह धड़ाम से टीले के ढलान पर गिर गया और वहाँ से लुढ़कता हुआ 15-20 फीट गहरे खड्ड में जा पड़ा। पुलिस अधिकारी कई दिन की परेशानी के कारण चिड़चिड़ा हो गया था, इसलिए उसके हृदय में दया पैदा नहीं हुई। सब-इन्स्पेक्टर ने जोश में आकर ठोकर तो दे ही दी थी, किन्तु रामलखन के लुढक कर खड्ड में गिरने पर वह सकपका गया। वह यह सोचकर कि कहीं सेठ की जान न निकल जाए, तेजी से खड्ड में जाकर उसने उसे उठा लिया।

रामलखन दर्द से कराह रहा था। सब-इन्स्पेक्टर घुड़क कर बोला, ''देखते क्या हो, ऊपर चलो। तुमको अभी रस्सियों से बाँधकर कोतवाली ले जाऊँगा।''

थोड़ी ही देर में दोनों टीले पर आ गए। रामलखन की सिसकी बँधी हुई थी। उसकी टाँग में अधिक चोट थी। सारा शरीर छिल गया था, जिससे खून बह निकला था। सब-इन्स्पेक्टर का इशारा पाकर दो सिपाही वहाँ आ गए और उन्होंने उसे रस्सियों से कस लिया।

संध्या हो चली थी। सूर्य का प्रकाश धीरे-धीरे छिपता जा रहा था। पक्षी चहचहाते हुए पेड़ों की ओर लौट रहे थे। इधर-उधर कभी-कभी खरगोश और सियार दौड़कर झाड़ियों में छिप जाते थे। पुलिस जवान उच्च-अधिकारी की आज्ञा के अनुसार अपने-अपने थानों के लिए विभिन्न टुकड़ियों में बँटकर लौट पड़े थे।

हरियाली से लदे टीलों के बीच दूर-दूर तक फैले हुए रेतीले किनारों में सिकुड़ी यमुना छिपते हुए सूरज की रोशनी से चमकती-खेलती हुई धीरे-धीरे बह रही थी। रामलखन रस्सों से कसा हुआ सिपाहियों के साथ कराहता हुआ चल रहा था, परन्तु उसका मन वहीं, उसी टीले पर रुका हुआ था, जहाँ सब-इन्स्पेक्टर ने उसको ठोकर लगाई थी। उसका शरीर उतना आहत नहीं हुआ था, जितना आहत उसका मन हो गया था। वह बहुत सोचने पर भी यह नहीं समझ पर रहा था कि आखिर उसका अपराध क्या है? उसने उस टीले पर खड़े अपने मन की गहराई में कई गोते लगाए, किन्तु हर बार वह उसके आधार का स्पर्श करने में असफल रहा। उसके पैर पुलिस के सिपाहियों के साथ घिसटते हुए चल रहे थे, पर मानो उसका मन बार-बार उस टीले पर खड़ी पुलिस अधिकारी की परछाई से पूछ रहा था— 'सरकार! हम लोगों के जिन्दा रहने का अब कौन-सा रास्ता है? डाकुओं की आज्ञा न मानने पर उधर गोली और आपसे शिकायत करने पर इधर जूतों की ठोकरें, जेल के सींकचों की हवा।'

हवा में एक विशेष उदासी समा रही थी। रामलखन के पैरों से मन को जोड़ने वाली कोई शक्ति धरती-आकाश के बीच इस समय नजर नहीं आती थी।

बारह

धरती-आकाश रात्रि के अंधकार से ढके हुए थे। चारों ओर वातावरण में सन्नाटा व्याप्त था। ऊँची-नीची और घने पेड़ों से ढकी जंगली भूमि उस सन्नाटे में बड़ी भयावनी लगती थी। सौ-सौ फीट ऊँची करारों और उनके नीचे की कन्दराओं में सर्वत्र मौत की विभीषिका नाचती नजर आती थी। कहीं-कहीं छोटे-बड़े जंगली जानवर भोजन की खोज में इधर से उधर दौड़ जाते थे। गहरे खारों में दौड़ता हुआ जब कोई सियार निकलता था, तो रात के सन्नाटे में थोड़ी-सी जान आ जाती थी।

इस भयावने वातावरण में एक ऊँचे टीले पर दानसिंह का गिरोह विश्राम कर रहा था। चारों ओर से वह टीला घने पेड़ों से ढका हुआ था और उसके इधर-उधर गहरी कन्दराएँ थीं, जिन्हें पार किये बिना कोई जीवधारी उस टीले तक नहीं आ सकता था। वहाँ से दो-दो फर्लांग के फासले पर चारों ओर चार-चार सशस्त्र डाकुओं की आठ टुकडियाँ पहरा दे रही थीं। बाहरी किसी खतरे की सम्भावना नहीं थी। जिस टीले पर दस्यु-दल विश्राम कर रहा था, उसके निकट भी पहरा देने वाले चार सशस्त्र दस्यु सजग प्रहरी बने खड़े थे।

दस्युराज दानसिंह उस टुकड़ी के मध्य में पड़ा चैन से सो रहा था। उसके दाएँ-बाएँ दोनों कंधों से दो रायफलें बँधी पड़ी थीं और छातियों पर गोलियों की दो मालाएँ। कई दिनों के बाद आज वह पूर्ण शांति और चैन की नींद ले रहा था। सोते समय भी उसके दोनों हाथ रायफलों पर थे। जब वह करवट लेता था, तो उसकी एक रायफल एक बगल के नीचे दब जाती थी और दूसरी रायफल उसकी दूसरी बगल पर उठ जाती थी, जिस पर अनजान में ही उसका दूसरा हाथ आ पड़ता था। विश्राम करने वाले शेष डाकू भी अपनी-अपनी बन्दूकों को साथ लिए सो रहे थे और हरएक के गले में कारतूसों की मालाएँ पड़ी थीं। लगातार कई दिन से वे आराम से सो नहीं सके थे, क्योंकि कई रातें तो दौड़ते हुए व्यतीत हुई थीं। पुलिस के खतरे से दूर निकल आने पर आज उन्हें विश्राम की व्यवस्था कर सकने का अवसर मिल सका था।

दस्युओं के उस विश्राम-क्षेत्र की उत्तरी सीमा पर खार के किनारे एक छोटी मठिया थी। इसमें देवी की पुरानी मूर्ति थी। कुछ दिनों से एक संन्यासिनी वहाँ रहने लगी थी। पहरा देने वाले दस्यु मन बहलाने के लिए बातचीत करते-करते कभी-कभी खिलखिलाकर हँस भी पड़ते थे। देवी की मठिया तक उनकी हास्य-ध्वनि कभी-कभी टकराती थी। संन्यासिनी को सन्देह हुआ कि निश्चय ही वहाँ आज कोई दस्यु-दल विश्राम कर रहा है। अतः वह धीरे-धीरे उस टीले की ओर बढ़ चली।

संन्यासिनी उस भयंकर वातावरण में ज्योंही कुछ आगे बढ़कर पहरेदारों की ओर चली, त्योंही उसके हृदय में अज्ञात भय का एक गहरा कम्पन हुआ। कुछ निकट पहुँच कर उसने पहरे पर खड़े बन्दूकधारियों को देखा और गहरी आशंका से सिहर उठी। ..पीछे मुड़ पड़ी...

...चन्दन का गिरोह

...चन्दन फरार है...बागी है...डाकू है।

उसके पास पहुँचने से पहले ही ये बन्दूकधारी गोली मार देंगे...

इन्हें क्या मालूम कि प्रतिमा संन्यासिनी बनकर इतनी दूर चन्दन के लिए भटक रही है...

तभी सहसा आवाज आई, "कौन?"

बन्दूकधारी आगे बढ़ा। अपने मुखबिर को आया हुआ समझ कर एक क्षण में ही वह दौड़कर संन्यासिनी के पास आ गया।

वह सकपका गई। उसके मुख से एक चीख निकल पड़ी।

दस्यु स्तम्भित हो गया। उसने अपने संदेह को दूर करने के लिए उसके उत्तरीय को झटक दिया।

तारों के मंद प्रकाश में उसके शरीर पर उड़ती हुई एक नजर डालकर चौंक पड़ा।

"तुम नारी हो?" ...यहाँ तक आने का साहस! ...पुलिस के रहने पर तुम मौत का भय किये बिना इस रात में यहाँ तक चली आईं!"

संन्यासिनी चुप रही, जैसे कि वह दुनिया में थी ही नहीं। अन्य पहरेदार भी सतर्क हो गए थे। वह बन्दूकधारी उसका हाथ पकड़ कर अपने सरदार के पास ले पहुँचा।

सरदार को संकेत से जगा दिया गया था।

पहरा देने वाला बन्दूकधारी फिर अपने स्थान पर चला गया।

सरदार ने आठ-दस बन्दूकधारियों को उस दिशा में भेज दिया, जिधर से संन्यासिनी आई थी, फिर उससे पूछना आरंभ किया—

"तुम कौन हो और यहाँ क्यों आई हो?"

वह मौन रही।

"बोलती क्यों नहीं? यदि रास्ता भूल गई हो तो तुम्हारे घर पहुँचा दिया जाय। यदि पुलिस ने मुखबिर बनाकर भेजा हो तो गोली से उड़ा दिया जाय। जल्दी बोलो, तुम्हारा क्या रहस्य है?"

संन्यासिनी अब भी चुप थी।

"यदि उत्तर नहीं दोगी तो समझ लिया जायगा कि तुम पुलिस की मुखबिर हो और अपराधिनी समझकर तुम्हें अभी गोली से उड़ा दिया जायगा।"

अब तक संन्यासिनी कुछ साहस समेट चुकी थी। बोली– "मैं संन्यासिनी प्रतिमा हूँ। पास ही देवी की मठिया में रहती हूँ। किसका गिरोह है दस्युराज?"

"दानसिंह का! ...देवी की मठिया में तुम्हारा अकेले रहना ठीक नहीं। तुम जहाँ जाना चाहो, वहाँ पहुँचा दिया जाय। आज से इस जंगल का परित्याग कर दो।" –दानसिंह ने गंभीरतापूर्वक कहा। एक क्षण तो किसी विचार में खोई प्रतिमा मौन रही, फिर साहस समेटकर बोली– "दस्युराज! नारी के प्रति तुम्हारे कठोर हृदय में इतनी उदारता है?"

सरदार कहने लगा– "यह दानसिंह का गिरोह है, जिसके साथ आरम्भ से यह प्रतिज्ञा चली आ रही है कि निरपराध नारी की ओर आँख मत उठाओ। हम दस्यु हैं...बागी हैं...पर हमारे जीवन के भी कुछ नियम हैं। युवती! हम एक अनुशासन का पालन करते हैं, इसलिए आज तक जिंदा हैं!"

प्रतिमा के आगे दिल्ली का वह चाँदनी चौक घूम गया, जहाँ दिन-दहाड़े भरे-बाजार में पढ़े-लिखे युवकों ने उसके यौवन पर आवाजें कसी थीं। वह स्तम्भित-सी खड़ी रही...सुनती रही...

"हमारे दल का कोई बागी यदि किसी नारी की ओर वासना की दृष्टि डालता है, तो उसकी आँखें निकाल ली जाती हैं। यदि किसी निरपराधिनी पर बन्दूक चलाता है, तो उसका सिर काट दिया जाता है।"

प्रतिमा विचारों में खोई सुनती रही...

"यदि तुमको पहरे पर खड़े बन्दूकधारी से या किसी अन्य से ऐसी कोई शिकायत हो तो बता सकती हो। ...अभी तुम्हारे सामने उसके सीने से मेरी गोली पार हो सकती है।" —दस्युराज की आवाज में उत्तेजना आ गई थी।

प्रतिमा भयभीत हो उठी थी। सम्हल कर बोली— "नहीं दस्युराज! मुझे कोई शिकायत नहीं...। आज्ञा हो तो वापिस चली जाऊँ। भ्रम-वश मठिया से चली आई। आज से मैं इस मठिया में कभी न आऊँगी।"

और तब दस्युराज कहने लगा—

..."तुमको अपने आप नहीं जाने दिया जायगा। हमारा एक बन्दूकधारी तुम्हारे साथ जाएगा, ताकि तुम्हारे साथ या तुम्हारे द्वारा किसी छल की आशंका न रहे। जहाँ चाहोगी वहाँ वह तुम्हें सकुशल पहँचा कर आएगा। ...जाओ, हमारे बन्दूकधारी के साथ शीघ्र जंगल के बाहर चली जाओ।"

और फिर प्रतिमा विचारों की उलझन में खोई-खोई-सी एक बन्दूकधारी के साथ वापिस चलने लगी।

उसने काँपते हृदय से वह भयावना जंगल पार किया...और बहुत दूर मैदान में आकर फिर अकेली रह गई।

इस समय तक प्राची में पौ फटने लगी थी। सामने कुछ दूर पर एक छोटा-सा गाँव दीख रहा था। पेड़ों पर पक्षियों का कलरव गूँज उठा था, शीतल पवन चलने लगा था।...

तेरह

पुलिस को चकमा देने में चतुरी बहुत कुशल था। कुछ दूर तक पूर्व में जाकर वह पश्चिम की ओर मुड़ गया था। तब से निरन्तर पश्चिम की ओर ही बढ़ रहा था। तीन-चार दिन तक उसके दल के आठ-दस नौजवान चारपाई पर उसे लिटा कर कन्धों पर उठाए हुए यमुना के घने बीहड़ को तीर की तरह चीरते हुए आगे चलते गए। दल के शेष सदस्य भी सुरक्षा के लिए साथ चल रहे थे। जहाँ कहीं

रात हो जाती थी और जंगल के बीच कोई ग्राम मिल जाता था, तो वे सब उसमें घुस जाते थे। ग्रामवासी स्वतः भयभीत हो कर घर आए जमाई की तरह उनका सम्मान करते थे। झट कड़ाहियाँ चढ़ जाती थीं। पूड़ियाँ बनतीं और सभी दस्यु आराम से भोजन करके फिर चल पड़ते। बीहड़ों में बसे इन छोटे-छोटे गाँवों के निवासियों को यह साहस न होता कि वे पुलिस को जाकर सूचना दें। वे सब भली-भाँति जानते थे कि यदि हमने डाकुओं के साथ विश्वासघात किया तो फिर गाँव में कोई चैन से नहीं रह सकता। निकट के थाने से जब तक पुलिस उनकी रक्षा के लिए आएगी तब तक डाकुओं का दल सबको गोलियों से भून कर नौ दो ग्यारह हो जाएगा। जिन कस्बों और बड़े ग्रामों में भी थाने हैं और जहाँ सैकड़ों की संख्या में पी.ए.सी. रहती है, वहाँ भी डाकू दिन दहाड़े पुलिस के मुखबिरों को गोली से उड़ाकर भाग जाते हैं, यह वे अच्छी तरह देख चुके थे। यमुना और चम्बल के किनारे बीहड़ और डाँगों में बसे छोटे-छोटे ग्रामों और नगलों के निवासी अपनी सुरक्षा के सम्बन्ध में सदैव भयभीत रहते थे। वे आये दिन ऐसी घटनाएँ सुनते रहते थे कि अमुक थाने के निकट अमुक ग्राम को डाकुओं के किसी दल ने दिन-दहाड़े घेर कर लूट लिया और विरोध करने वाले कई लोगों को गोलियों से उड़ा दिया। चम्बल घाटी में डाकुओं का पीछा करते हुए कई सिपाहियों और थानेदारों की हत्या की खबरें भी उनसे छिपी नहीं थीं, इसलिए वे पुलिस के डंडे खाने को तैयार थे, किन्तु उनकी यह हिम्मत न थी कि दिन में या रात में कोई एक डाकू या पूरा दल गाँव में आ जाय और उसके कहने पर वे भोजन-व्यवस्था न करें।

जंगल में बसे ग्रामवासियों पर डाकुओं का यह आतंक इतना अधिक बढ़ गया था कि दस्यु-सरदार चतुरी को अपने दल सहित पश्चिम दिशा में बढ़ते समय किसी भी संकट का सामना न करना पड़ा। समय पर उसे खाने-पीने की सामग्री मिलती रही। चाहता तो वह अपने दल सहित हर रात कहीं भी निर्भय होकर विश्राम कर सकता था, किन्तु वह जानता था कि जब तक जाँघ का घाव अच्छी तरह सूख नहीं जाता और वह स्वयं दौड़ सकने योग्य नहीं हो जाता, तब तक कहीं भी अधिक समय तक रुकना ठीक नहीं।

सेठ हरदयाल को वह अपने साथ ही लाया था। उसे बाँधे हुए गिरोह की एक टुकड़ी सबसे आगे चल रही थी। हरदयाल की आँखों पर उसी दिन से पट्टी बँधी थी। लगातार कई दिन पैदल चलने के कारण उसके पैर सूज गये थे। उसको अपने जीवन में ऐसी भयंकर आपदाओं का कभी भी सामना न करना पड़ा था। कभी ऐसी भयंकर परिस्थितियों की कल्पना भी उसने नहीं की थी। जो व्यक्ति सदैव कार में चलता था और नौकरों के हाथ का पानी पीता था, उसे कई दिनों से न तो भर पेट खाना मिला था, न विश्राम। घंटे दो घंटे कभी जब डाकुओं का दल भोजन के लिए रुकता था, तब गहरी थकान के कारण उसकी आँख लग जाती थी, अन्यथा आराम से लेटकर सोने का अवसर उसे कई दिनों के बाद अब तक नहीं मिला था। डाकू लोग जिन ग्रामों में अपने भोजन की व्यवस्था करते थे, वहाँ से कुछ दूर बन्दूकधारियों के साथ उसे गुप्त स्थान पर रक्खा जाता था, ताकि गाँव वालों को पता न चल सके। जब डाकू दल चल पड़ता था, तब उसकी नींद को भंग करके उसके साथ चलने वाले डाकू उसे फिर घसीट ले चलते थे। आज रात भी उसे लेटने का अवसर नहीं दिया गया था, जिसके कारण वह बहुत अधिक दुर्बलता अनुभव कर रहा था। कभी-कभी उसे खड़े-खड़े नींद का झोंका आ जाता था, किन्तु सम्हलने पर वह किसी चिन्ता में डूब जाता था।

चलते-चलते चतुरी का गिरोह एक घने जंगल में आ चुका था। सुरक्षा की व्यवस्था करके वह एक टीले पर विश्राम के लिए चला गया था। हरदयाल सेठ को अब भी लेटने की सुविधा नहीं मिल सकी थी। डाकुओ ने उसे एक पेड़ से बाँध दिया था और दो बन्दूकधारी उसकी निगरानी पर तैनात थे। रात्रि का दूसरा प्रहर समाप्त होने को था। हरदयाल थकान के कारण बेचैन हो रहा था। सहसा एक बन्दूकधारी ने उसके पास आकर कहा—

"आज सवेरा होते ही तुम्हारा सिर काटकर नदी में बहा दिया जाएगा। तुमने अब तक रुपयों का प्रबंध नहीं किया।"

हरदयाल पर वज्र-सा टूटा। भयभीत होकर बोला— "तो क्या केवल रात मेरे जीवन का अन्तिम अंग है? ...मेरा भाई पचास हजार रुपये नहीं लाया?"

"यह तो तुमको स्वयं कल मालूम पड़ जायगा, जब तुम्हारी छाती को चीरती हुई बन्दूक की गोली पार हो आएगी।" बन्दूकधारी उत्तेजित हो उठा।

"...हैं...हैं, यह क्या कहते हो तुम! क्या सचमुच अभी तक रुपये नहीं आए?" सेठ ने गिड़गिड़ाकर कहा। तभी दूसरे बन्दूकधारी की आवाज आई– "सेठ! जितनी चतुराई तुमने अपने जीवन में सीखी है, उतनी तो हम रोज भूल जाते हैं। तुमने रुपये लाने की बजाय हमारे दल का घेरा डालने के लिए पुलिस को बुलाया था। रुपये कौन लाता?"

सेठ काँपता हुआ बोला– "ऐसा नहीं हो सकता! जंगल के राजा! मैं तुम्हें धोखा देकर कहाँ जा सकता था? मेरा भाई भी इतना मूर्ख नहीं। वह निश्चय ही रुपये लाया होगा। आप लोग वहाँ से चले आए, इसलिए निश्चित स्थान पर आपको न पाकर वह लौट गया होगा।"

प्रथम बन्दूकधारी ने कहा– "हम लोग इतने मूर्ख नहीं हैं कि तुम्हें लिए हुए उसी स्थान पर रुके रहते, जहाँ तुम्हारा भाई हमें छोड़ गया था। हमने उसे रुपये लेकर एक स्थान पर पहुँचने का आदेश दिया था और उससे कुछ दूर पर हमारा वह आदमी छिपा हुआ था, जिसे उसको रुपये देने थे। संकेत-स्थल के आसपास दो ग्रामीण मुखबिर के रूप में छोड़ दिये गये थे। उनके द्वारा पता चला कि तुम्हारा भाई पुलिस घेरे का नेतृत्व कर रहा है। यह उसने अच्छा नहीं किया। अब तुम्हारे जीवन की रक्षा नहीं हो सकती।"

सेठ हरदयाल का शरीर थर-थर काँपने लगा। वह एक क्षण में अपने बीते हुए जीवन की अनेक घटनाओं को सोच गया। उसने बड़े-बड़े लोगों को ठगा था, सैकड़ों को उल्लू बना कर लाखों रुपये कमाये थे। उसके क्षेत्र के बड़े-बड़े अधिकारी उसका लोहा मानते थे। अनेक नेताओं की नेतागिरी उसके इशारे पर चलती थी। कपड़े का अपने क्षेत्र का कण्ट्रोल उसके हाथ में था, जिसमें उसने हजारों रुपये कमा कर रिश्तेदारों के नाम बैंक में खाते खोल दिए थे। दस-बीस गुण्डे उसके यहाँ रोज पड़े रहते थे। जहाँ कहीं वह फँसता था, वहाँ रिश्वत उसकी सहायक होती थी। कचहरियों में उसकी बात टालने वाला कोई नहीं था। यदि

कोई हाकिम अधिक कड़ा आ गया, तो वह छोटे कर्मचारियों को रिश्वत देकर सरकारी फायलें तक गायब करा देता था। डाकुओं का उस पर कई बार प्रकोप हुआ था, किन्तु जहाँ दो-चार हजार रुपये उसने उनको भेजे, वहीं उसका संकट टल जाता था। यही कारण था कि वह अपने क्षेत्र में निर्भय होकर जब चाहता था, तब कार लेकर घूमा करता था। वह रुपये को ईश्वर मानता था और यह विश्वास करता था कि जब तक रुपया उसके पास है, तब तक कोई भी शक्ति उसका कुछ बिगाड़ नहीं सकती। किन्तु, आज वह अपने जीवन के एक नये मोड़ पर खड़ा था। उसने जानबूझकर अपने भाई को पुलिस में सूचना के लिए भेजा था। वह समझता था कि दस्यु-दल रुपये के लालच में उसी स्थान पर रुका रहेगा। पुलिस घेरा डालकर सबको समाप्त कर देगी। परन्तु आज उसका स्वप्न मौत की भयंकर विभीषिका बनकर उसके सामने खड़ा था। उसने बुद्धि पर बहुत जोर देकर बचने का उपाय सोचा, परन्तु सभी दिशाओं में अन्धकार ही अन्धकार था।

मनुष्य अहं के सर्वोच्च शिखर पर धन और शक्ति का संबल लेकर आरोहण करता है। समस्त संसार उसको अपने चरणों की धूल प्रतीत होने लगता है। दंभ और अज्ञान के कारण वह भविष्य की रेखाओं का रहस्य नहीं जान पाता। उसे धरती और आकाश अपने संकेत पर नृत्य करते हुए दृष्टिगोचर होते हैं। अहं में डूबा वह उस समय ईश्वर को भी भूल जाता है। पाप को पुण्य कहता है, अधर्म को धर्म बतलाता है और पैशाचिक कर्म करके देवासन पर प्रतिष्ठित होना चाहता है। किन्तु जब सहसा उसका पैर फिसल जाता है और लुढकता हुआ वह अपने जीवन की अंधकार-पूर्ण गहरी कंदरा में जा गिरता है, तब उसे अपने अस्तित्व की संकीर्णता का आभास होता है और उस समय वह अपनी समस्त शक्ति केन्द्रित कर तृण को भी ईश्वर के समान पूजने के लिए आतुर हो उठता है।

सेठ हरदयाल आज अपने अहं की सर्वोच्च चोटी से पतित होकर दुर्भाग्य के गम्भीर गर्त में पड़ा हुआ सहायता के लिए मन ही मन छोटे से छोटे हर साधन पर विचार कर उठा और जब वह बिल्कुल हताश हो गया तो उसने भर्रायी हुई आवाज में पहरे पर खड़े बन्दूकधारी से प्रार्थना की– "हे दस्यु श्रेष्ठ! तुम संसार

की सबसे बड़ी शक्ति हो। राजा और ईश्वर के समस्त कानून और नियम भी तुम्हारे लिए कुछ नहीं है। तुम चाहो तो उस आदमी को, जिसने बड़ा अपराध किया हो, जीवनदान दे सकते हो। मैं आज तुम्हारे सामने एक बहुत बड़े अपराधी के रूप में नत-मस्तक हूँ और अपने प्राणों की भीख माँगता हूँ। तुम मुझे सकुशल घर पहुँचा दो, फिर तुम जहाँ बताओगे, वहीं मैं एक लाख रुपये भेज दूँगा। ...पचास हजार वे, जिनके लिए तुमने आदेश दिया है और पचास हजार अपने भाई की भूल के प्रायश्चित्त के रूप में।''

इतना कहकर वह गहरी हिचकियाँ लेकर रोने लगा। उसकी आँखों से बँधी पट्टी आँसुओं से तर हो गई। इसी समय दस्युओं के विश्राम-स्थल से संकेत-ध्वनि हुई और दो अन्य सशस्त्र डाकू पहरा देने के लिए सेठ के पास आ खड़े हुए। पहले वाले दोनों बन्दूकधारी सेठ की बात का कोई उत्तर दिये बिना विश्राम-स्थल की ओर चले गये।

अभी वे दोनों लेट भी न पाए थे कि दूर पहरे पर खड़े एक अन्य दस्यु ने सीटी बजाकर संकेत किया। उस संकेत के साथ टीले पर सोए हुए सभी दस्यु उठ खड़े हुए। ...खतरे का संकेत था वह।

सभी दस्यु सावधान होकर चल पड़े...

हरदयाल की निगरानी करने वाले दस्युओं को चतुरी ने आदेश दिया—

''गोली मार दो...फेंक दो ठोकरें लगाकर लाश को नीचे कंदरा में।''

और फिर जंगल के सन्नाटे पर सहसा चोट पड़ी...धाँय।'

हरदयाल की आँखें मौत की गोद में सदा के लिए बंद हो गई।

और फिर सहसा जंगल का सन्नाटा फटा...

धाँय! धाँय!! धाँय!!!

एक साथ दोनों दिशाओं में आग बरसने लगी...और फिर थोड़ी देर बाद एक दिशा से गोलियों का आना बन्द हो गया। डाकू सकुशल भाग चुके थे।

सबेरा होने पर पीछा करने वाली पुलिस को हरदयाल की लाश मिली... जंगली जानवरों ने जिसे आधा कुतर दिया था। चेहरे की पहचान पूर्णतः मिट चुकी थी।

तीसरे दिन अखबार में छपा—

"चतुरी के गिरोह से पुलिस की भयंकर मुठभेड़! एक अज्ञात डाकू मारा गया। हरदयाल को लेकर दस्यु-दल भाग गया। पुलिस अब भी उसका पीछा कर रही है।"

चौदह

ठाकुर हजारीसिंह कोतवाली से छूटकर प्रातःकाल लगभग सात बजे घर पहुँचे थे। समस्त गाँव में उनकी गिरफ्तारी की चर्चा हो रही थी। बालक-वृद्ध सभी उनकी हँसी उड़ा रहे थे। कोई कहता था, बड़े घमण्ड में रहते थे हजारीसिंह...गाँव में तो किसी को गिनते ही न थे। फौज में सूबेदारी क्या कर आए थे, अपने को लाट साहब समझते थे। थानेदार के डण्डे देखकर भींगी बिल्ली हो गए। कोई कहता था, घर के बीच-पच्चीस आदमी होने के कारण उनको जो घमण्ड था वह सब निकल गया। बात-बात में लोगों को गोली का निशाना बना देने की धमकी दिया करते थे। थानेदार ने बन्दूक की नली जहाँ कमर पर जमाई वहीं उनके होश ठिकाने आ गये। अब जेल की हवा खा रहे होंगे।

बातों-बातों में गाँव वाले ठाकुर हजारीसिंह की कई पीढ़ियों का इतिहास दुहरा गये। किसी ने कहा, इसके बाबा हमारे पुरखों के नौकर थे। किसी ने कहा, इनके बाप खेतों पर मजदूरी करके पेट पालते थे। यों सारे गाँव में हजारीसिंह की बुराई हो रही थी। अलाव पर बैठे एक वृद्ध महाशय निकट के आदमियों को बता रहे थे, हजारीसिंह को बचपन में भर पेट रोटी नसीब नहीं होती थी। इनके बाप के पास इतना भी पैसा न था कि चौथे दर्जे से आगे इनकी पढ़ाई भी चल पाती। मेहनत-मजदूरी करके भी जब पेट न भरा तो घर से भागकर फौज में भरती हो गए थे। वहाँ इनका भाग्य चमक गया। अचानक सन् चौदह की लड़ाई छिड़ गई

और ये सूबेदार बना दिये गये। नौकरी से लौटे तो घर पर ऐसे रहने लगे, जैसे नवाब छतारी। पुलिस की ठोकरों ने सब गरूर ठीक कर दिया। देखा, कल रात घर की औरतें कैसी चिल्ला रही थीं! सिपाही घर में घुसे हुए खाना-तलाशी ले रहे थे और घर का सामान एक-एक करके इधर-उधर बिखेर दिया था। बच्चू ने चूँ तक न किया। सब भाई, लड़के और नाती चुपचाप खड़े देखते रहे। थानेदार की गालियाँ सुनते-सुनते सबके होश ठिकाने आगए थे।''

एक दूसरा वृद्ध बोला– ''अब पुलिस ठिकाने लगाए बिना न छोड़ेगी। साल-दो-साल के लिए जेल की रोटियाँ खानी पड़ेंगी और यदि बचने की कोशिश की तो जमीन जायदाद बिक जायगी।''

इतने में हजारीसिंह मूँछें ऐंठते हुए गाँव में घुसे। उनका घर गाँव के दूसरे छोर पर पड़ता था, इसलिए उस अलाव के पास से होकर वे निकले। उन्हें देखते ही लोग चकित हो गए, मानो सबके मुँह पर ताला लग गया। हजारीसिंह ने अलाव पर होने वाली बातों को चलते-चलते कुछ सुन लिया था। एक आदमी ने उनको नमस्कार करके पूछा– ''क्या बात थी ठाकुर साहब...पुलिस वाले यों ही हर किसी को आ घेरते हैं–'' हजारीसिंह बिगड़ उठे– ''और तुम लोग कौन कम घेरते हो? अब मैं एक-एक को देख लूँगा। पुलिस मेरा कुछ नहीं बिगाड़ सकती। चार घण्टे के लिए हजारीसिंह पुलिस के साथ कोतवाली तक चला गया, तो तुमने समझ लिया कि वह मर गया! तुमको शेर के जाने के बाद स्यारों की तरह पंचायत करने का अवसर मिल गया! तुम लोगों ने पुलिस को झूठी सूचना देकर मुझे संकट में डाला था, किन्तु अब,'' कहते-कहते वे अपनी मूँछों पर हाथ फेरने लगे– ''अब मैं तुमको गाँव में चैन से न रहने दूँगा।''

अलाव पर बैठे हुए सभी लोग सकपका गए। गाँव में हजारीसिंह ही एक ऐसे व्यक्ति थे, जिनके पास बंदूक थी। मरना-मारना उनके लिए खेल था। उन्हें न अपनी इज्जत की चिंता थी और न किसी दूसरे की इज्जत की ही परवाह। वे बालक-वृद्ध किसी को न देखते थे। जो कुछ जबान पर आ जाता था, वही कह डालते थे और जो कुछ मन में आ जाता था, वही कर डालते थे। गाँव के अन्य

आदमी सामान्य स्थिति के थे। परिश्रम करके खाते थे और सज्जनता के साथ अपने पूर्वजों का सम्मान बनाए हुए थे। प्रायः वही आदमी वचन और कर्म का संयम रखता है, जो अहंकार से रहित होता है और अपनी परम्परागत प्रतिष्ठा सुरक्षित रखना चाहता है, जो परिश्रम से कमाता है, और दुर्दिनों को साहस से काटता हुआ सुख के दिनों की प्रतीक्षा करता है। किन्तु जिसकी दृष्टि में कुल-मर्यादा और पारिवारिक प्रतिष्ठा का कोई मूल्य नहीं होगा, वह बेलगाम घोड़े की तरह इच्छानुसार दौड़ता है और केवल अपना ही अहित नहीं करता, दूसरों को भी संकट में डाल देता है। लोग कहते हैं, ताली एक हाथ से नहीं बजती, किन्तु गोधन के नगला में यह बात असत्य सिद्ध हुई। गाँव वालों ने हजारीसिंह की उनके पीछे चाहे जो बुराई की हो, किन्तु उनके सामने किसी ने कभी उनका विरोध नहीं किया था। पर इस बार वह कोतवाली से छूटकर आए तो सारे गाँव को अपने क्रोध का शिकार बनाने लगे।

कई दिनों तक गाँव में कलह चलता रहा, हजारीसिंह किसी को गाली देते, कभी किसी के लड़के को पीट देते और कभी किसी की बहू-बेटी की इज्जत उतारने पर तुल जाते। कई दिन तक वे भले-बुरे सबके साथ एक-सी उद्दण्डता का व्यवहार करते रहे। जब गाँव वाले बहुत तंग आ गए तब एक वृद्ध से रहा नहीं गया। वह अपने खेत से लौट रहा था। हजारीसिंह एक खेत की मेड़ पर खड़े कुछ गुनगुना रहे थे और उनके दो बैल पास के उस खेत में चर रहे थे, जो उस वृद्ध का था। देखते ही वह बोला– "सूबेदार साहब! ऐसे कब तक काम चलेगा? हम लोग परिश्रम करें, खेत बोयें और तुम्हारे बैल उसे चरें। तुम खड़े-खड़े देख रहे हो। क्या यह तुम्हारा अन्याय नहीं है?" हजारीसिंह बिगड़ उठे। बोले– "हजारीसिंह किसी से डरता नहीं, मौत उसकी बन्दूक की नली में रहती है। इस खेत में क्या, सभी खेतों में उसके बैल इसी तरह चरेंगे। तुमसे जो किया जाय सो कर लो।"

धीरे-धीरे हजारीसिंह के आचरण में इतनी अधिक कठोरता आती गई कि सारा गाँव तंग आकर लाठियाँ लेकर उनसे लड़ने को आ गया। मरता क्या न

करता? सबने यह सोचा कि रोज-रोज के झंझट से तो यही अच्छा है कि हजारीसिंह से एक दिन सुलझ लिया जाय।

हजारीसिंह भी जब से कोतवाली हो आए थे, तब से पुलिस की ओर से निडर हो गये थे। वे यह समझते थे कि पुलिस थोड़ा-बहुत खींचतान कर छोड़ देती है। अधिक से अधिक कुछ होगा तो साल-दो-साल के लिए सजा हो जाएगी। यदि बच गये तो सारा गाँव सदा के लिए दब जायगा। इसलिए क्रोध में भरे हुए घर में चले गए और बन्दूक निकाल लाए। जो बात पहले न हुई थी वह अब हो गई। लोगों की लाठियाँ तनी ही थीं कि उन्होंने बन्दूक का घोड़ा दबा दिया और गोली नली से निकल कर एक वृद्ध की छाती के पार हो गयी। उस वृद्ध के गिरते ही हजारीसिंह के हृदय में एक नया द्वन्द्व पैदा हुआ। अब तक वे जिस बात को सरल समझते थे, आदमी की लाश देखकर वही बात उन्हें कुछ कठिन दिखाई देने लगी। एक क्षण में ही कानून का भयंकर चक्र उनकी आँखों के आगे अँधेरा फैलाकर घूमने लगा। फौज में रहकर वे यह देख चुके थे कि छोटा-सा अपराध कर देने पर भी नियमानुसार दण्ड पाना पड़ता है, फिर सामाजिक जीवन में मौत का दण्ड क्या होगा, यह सोचते ही कानून की आवाज उनके कानों में गूँज उठी। मौत की सजा मौत होती है। तो फिर क्या करना होगा? क्या अभियोगी बनकर फाँसी के तख्ते पर लटकना होगा? नहीं...नहीं! हजारीसिंह! तुम्हारी भुजाओं में शक्ति है और हाथों में बन्दूक! तुम विवशता की मौत क्यों मरते हो? एक क्षण में ही हजारीसिंह यह सब सोच गए। फिर मौका पाकर वे वहाँ से भाग खड़े हुए।

गाँव के एक सम्मानित वृद्ध की लाश को सामने देखकर नवयुवक उत्तेजित हो उठे थे। उन्होंने हजारीसिंह के भाइयों, लड़कों और नातियों को लाठियों से अच्छी तरह पीटा, किन्तु समझदार लोगों ने समझा-बुझाकर उनका क्रोध शान्त किया। आदमियों की भीड़ तितर-बितर हो गई। हजारीसिंह ने भागकर जंगल की शरण ली। उनके परिवार वालों के गहरी चोटें आई थीं। इसलिए वे पड़े कराह रहे थे और गाँव का चौकीदार पुलिस को सूचना देने चला गया था।

गाँव वालों ने उस वृद्ध की लाश को पुलिस के भय से वहाँ से नहीं उठाया।

मृतक के घर में उसकी एक कन्या के अतिरिक्त कोई न था। जब उसको अपने पिता की हत्या की सूचना मिली तो वह छाती पीटती हुई लाश के पास आ गई।

संध्या हो रही थी। सारे गाँव में भय मिश्रित सन्नाटा घूम रहा था। कोई भी घर से निकलने का साहस न करता था, क्योंकि अब सबकी समझ में यह आ गया था कि हजारीसिंह के घर वालों के चोटें लगने कारण फौजदारी का अभियोग चलेगा। इसमें पुलिस न जाने किस-किस को गिरफ्तार करे।

आज अलावों पर आग नहीं जली थी। घर वालों ने बच्चों को भी बाहर निकलने से रोक दिया था, इसलिए सारे गाँव में नीरवता छा गई थी। चारों ओर से वातावरण में व्याप्त उदासी को केवल लाश के पास से आती हुई एक क्रन्दन-ध्वनि भंग कर रही थी।

पन्द्रह

सेठ रामलखन पुलिस के डंडे खाकर कोतवाली की एक अँधेरी कोठरी में पड़ा कराह रहा था। लगातार कई दिन से पुलिस अधिकारी यह चेष्टा कर रहे थे कि रामलखन डाकुओं के विषय में सही जानकारी दे। वे यह समझते थे कि उसे सब कुछ मालूम है, किन्तु बताता नहीं है। न तो वे उसका चालान करते थे और न उसे छोड़ते ही थे।

धीरे-धीरे उसके घर वालों और सम्बन्धियों को भी सब बातें ज्ञात हो चुकी थीं। घर में उसकी भाभी, पत्नी, भाई का एक लड़का और उसकी दो लड़कियाँ कुल मिलाकर 5 प्राणी थे। जब से उन्होंने इस भयंकर दुर्घटना की सूचना पाई थी, तभी से सब रेा रहे थे। गाँव वाले तथा पड़ौसी सबको समझाते थे। खाना खिलाने की भी चेष्टा की, किन्तु किसी ने उस दिन से भरपेट भोजन नहीं किया था। सारा घर उन्हें खाने को दौड़ता था। रात के अँधेरे में वे आँसू बहाकर अपने चारों ओर मौत की विभीषिका देखते थे। सहानुभूति दिखाने के लिए जब कोई व्यक्ति उनके घर आता, तो वे सब रोदन-क्रन्दन से वातावरण में एक भयंकर अधीरता भर देते

थे। रोते-रोते सबकी आँखें सूज गई थीं और खाना न खाने के कारण अत्यधिक दुर्बलता आ गई थी।

रामलखन को यह विश्वास हो गया था कि डाकुओं ने हरदयाल को गोली से उड़ा दिया होगा, इसलिए वह हाथों में मुँह छिपाकर हृदय में उठते हुए आँसुओं के ज्वार को रोकने में असमर्थ हो जोर से रो पड़ता था। उसकी मानसिक स्थिति हवा में उड़ते हुए उस तिनके के समान हो गई थी, जो न धरती पर आकर टिक सकता है और न आकाश में आश्रय पा सकता है। इधर रात का अँधेरा बढ़ता, शरीर में लगी डण्डों की चोट की पीड़ा तीव्र होती, उधर मानसिक अस्थिरता भयंकर रूप धारण करती और पागलों की भाँति वह प्रलाप कर उठता।

"छोड़ दो! दस्युराज! मेरे भाई को छोड़ दो। ...अभी लाता हूँ पचास हजार। ...क्या कहा? पुलिस में सूचना न दूँ? किसी को ज्ञात न होने दूँ? ऐसा ही होगा दस्युराज! भाई किसको प्यारा नहीं होता? मैं जानता हूँ, पुलिस को सूचना न देना कानून की दृष्टि में अपराध है। ...समाज के साथ अन्याय है और राष्ट्र के साथ द्रोह है। किन्तु...भाई की प्राण-रक्षा...आह! भाई की रक्षा इस समय पुलिस नहीं कर सकती। समाज नहीं कर सकता...राष्ट्र नहीं कर सकता। दस्युराज! तुम.. केवल तुम इस समय मेरे भाई को प्राण-दान दे सकते हो। ...अब मैं क्या करूँ? तुम्हें रुपये दूँगा। ईश्वर को साक्षी देकर कहता हूँ, तुम्हें रुपये दूँगा। राष्ट्र की दृष्टि में...कानून और समाज की दृष्टि में भले ही वह अपराध हो। ...विवशता क्या नहीं कराती और यह पुलिस...?"

तभी पहरेदार ने निकट आकर रामलखन में जूतों की ठोकर लगाई।

"क्या बक रहा है, सेठ के बच्चे? किसे सुना रहा है? ...यदि कुछ कहना चाहता है तो बुलाऊँ कोतवाल साहब को?"

पहरेदार की ठोकर रामलखन की कमर में लगी, जहाँ पहले से काफी दर्द था। उसकी पीड़ा दूनी हो उठी, वह तिलमिला उठा, विवशता ने उसके हाथ कस दिये और उसके मुख से पत्थरों को पिघला देने वाली एक चीत्कार निकल पड़ी।

सिपाही सहमकर कुछ पीछे हट गया और फिर वहीं आ खड़ा हुआ, जहाँ पहले खड़ा था।

रामलखन बहुत देर तक दर्द में छटपटाता रहा, बेचैन कराहता रहा। उसकी आँखों से आँसुओं की अजस्र धारा बह रही थी। धीरे-धीरे वह अपने दर्द को भूलने लगा और फिर उसके मानस पर दुर्भाग्यपूर्ण जीवन के नये चित्र उभरने लगे।...

...मेरा भतीजा...भाभी...आह! दोनों की क्या दशा होगी। सूचना तो उनको मिल ही गई होगी। ...हाय! उनको मेरे अग्रज का शव-दर्शन भी उपलब्ध न हो सका...क्या दशा होगी उनकी! आ! वे रो-रोकर धरती-आकाश एक कर रहे होंगे!

...और मेरी पत्नी...वह भी बड़ी दुर्भागिन है। मेरी लड़कियाँ भी तो तड़प रही होंगी! हे ईश्वर! तूने यह क्या किया। सुखों के सुमेरु से दुखों के सागर में अचानक क्यों ला गिराया? आह! मेरा भी अब न जाने क्या होगा? ये पुलिस अधिकारी भी कितने निर्दय होते हैं! आदमी की विवशता को पहचानने के लिए उनके पास आदमी का दिल नहीं होता। कानून ने उन्हें पाषाण बना दिया और मुझे नारकीय यातनाओं में झोंक दिया।

एक क्षण के लिए रामलखन की मानसिक वेदना चिन्तन के क्षेत्र में प्रविष्ट हो गई। वह सोचने लगा—

...कानून...कानून अंधा होता है। उसको बनाने वाला हृदयहीन होता है और उसका पालन कराने वाला विवेक-शून्य। ...कानून...कानून न्याय की मंजिल का रास्ता है। ...कितना गलत रास्ता है यह। कितनी विषमताओं और भयंकरताओं से भरा हुआ है! ...कानून के रक्षक केवल कानून को देखते हैं। अन्याय उनके सामने आकर पुकार-पुकार कर कहता है, चले आओ, तुम मेरी ओर जिस तेजी से आ रहे हो, उसी तेजी से चले आओ। मैं तुम्हें न्याय की मंजिल दिखाऊँगा। ...और वे बुद्धि से काम लिए बिना उसकी ओर बढ़े चले आते हैं। ...कोतवाल कहता है, वह सरकार का नौकर है, कानून भंग करने वालों को दण्ड दिलाने का काम उसे सौंपा गया है...वही उसका धर्म है...किन्तु कानून भंग कौन करता है? ...वह जो विवश को अधिक विवश बनाता है, अथवा वह जो विवश होकर रक्षा की प्रार्थना करता है? ...प्राणों की भिक्षा चाहता है?

और सहसा रात्रि के सन्नाटे में रामलखन चिल्ला उठा—

"कोतवाल! तुम मुझे मुक्त कर दो। मुझे घर जाने दो! मैंने कोई अपराध नहीं किया है। मैंने कोई कानून भंग नहीं किया है। मुझ निरपराध को ...विवश होकर शरण में आए हुए रक्षार्थी को नारकीय यातनाएँ देकर तुम ईश्वर का कानून तोड़ रहे हो। सरकार का कानून तोड़ने वाले डाकुओं को दण्ड दिलाने की शक्ति यदि तुम्हारे अन्दर नहीं है, तो हम जैसे विवश नागरिकों को कष्ट देकर तुम अधर्म क्यों कमाते हो? ...मुझे छोड़ दो। ...मेरे घर वाले तड़प रहे होंगे। ...तुम मेरे भाई को नहीं बचा सके। वहाँ तुम्हारा कर्तव्य कहाँ चला गया था? अब मेरे घर वाले संकट में होंगे, तुम उनके लिए भी कानून की रक्षा नहीं कर सकते, तो मुझे ही छोड़ दो ताकि मैं अपने परिवार की डूबती नौका की रक्षा कर सकूँ।"

किन्तु उसकी आवाज कोतवाल के कानों तक कैसे पहुँच सकती थी? वे तो अपने शयन-कक्ष में निद्रा-मग्न हो जीवन के सुनहले सुखों का आनन्द ले रहे थे। ऊँघते हुए दीवान ने चौंककर उसकी आवाज को सुना। दो-चार सिपाही उसके पास आ खड़े हुए और फिर कोई गाली देता हुआ, कोई जूते की ठोकर लगाकर धीरे-धीरे सब खिसक गए। दीवान उसके पास आया और बोला— "सेठ! इस तरह तुम्हारी मुक्ति नहीं हो सकती। या तो कोतवाल साहब की बात मानो या फिर जो मैं कहूँ उसे स्वीकार करो।"

रामलखन कोतवाल की बात को अनेक बार सुन चुका था, किन्तु उसके अलावा भी और कोई रास्ता संकट से मुक्ति पाने का हो सकता है, यह किसी ने न बताया था। दीवान की बात सुनकर वह कुछ सचेत हुआ। बोला— "तुम क्या कहते हो, उसे भी सुनूँ।"

दीवान कुछ और निकट आया और घुटनों के बल बैठकर उसने चुपचाप रामलखन के कान में कुछ कहा।

"दो हजार...दो हजार रुपये मैं तुम्हें दे दूँ और तुम मुझे चुपचाप घर खिसक जाने दो। ह...ह...ह—" रामलखन ने कुछ खीझ भरी आवाज के साथ कहा— "तुम मुझे जितना मूर्ख समझते हो, अब उतना मूर्ख नहीं रहा। मैं दो हजार रुपये

देकर घर चला जाऊँ और फिर उसके बाद? ...ये कोतवाल साहब मुझ पर दूसरा अभियोग लगाएँगे और फिर कानून...कानून मुझे खा जाएगा। तुम मुझे नहीं जानते दीवान, मैं कितना दुखी हूँ। ...चले जाओ तुम यहाँ से। तुम मेरे घाव पर नमक मत छिड़को।''

दीवान आगे कुछ न कह सका। वह चुपचाप अपने स्थान पर आ गया। धीरे-धीरे रात्रि घटती जा रही थी। ज्यों-ज्यों रामलखन अपने शरीर के दर्द और मन की वेदना में डूबता जा रहा था, त्यों-त्यों रात्रि का सन्नाटा कुछ कम होता जा रहा था।

गहरी नींद में सोये हुए कोतवाल ने स्वप्न में रामलखन को गिड़गिड़ाते और प्राणों की भीख माँगते हुए देखा। उसे लगा, जैसे कि वह स्वयं उसकी परिस्थिति में हो और उसी की तरह वेदना में डूबकर किसी कोतवाल के आगे प्राणों की भीख माँग रहा हो। वह चौंक पड़ा। उसका स्वप्न टूट गया। घबराकर उठ बैठा।

''नहीं! नहीं! यह अधर्म है। नौकरी यह नहीं कहती कि मैं कर्त्तव्य के मार्ग पर बढ़ता हुआ मानव-धर्म को भूल जाऊँ। रामलखन को मैं इतने दिन से कोतवाली में रोके हुए हूँ और उसके बीबी-बच्चों की आह अपने ऊपर ले रहा हूँ. ..मैं उसे सबेरा होते ही छोड़ दूँगा...।''

थोड़ी देर सोचने के बाद कोतवाल फिर सम्हल गया। सहसा मुर्गे ने बाँग दी और ठंडी हवा के झोंके नई गति से उसकी खिड़की के पर्दे को हिलाने लगे। उसकी चेतना के तार झनझनाये। वह सोचने लगा–

'किन्तु रामलखन को छोड़ देना भी तो मेरे अधिकार की बात नहीं है, क्योंकि उच्च अधिकारी भी इस विषय में रुचि ले रहे हैं। अब? मैं क्या करूँ...मैं उसे ...मैं उसे कल न्याय के हाथों सौंप दूँगा...फिर उसके बीबी-बच्चों का भाग्य...।

तभी घड़ी का अलार्म बजा। देखा चार बज गए हैं। वह पलंग से उठ खड़ा हुआ और खिड़की के सामने जाकर ब्राह्म बेला में स्फूर्तिदायक मन्द पवन का आनन्द लेने लगा।

सोलह

प्रतिमा दिन में इस गाँव से उस गाँव जाती, भिक्षा माँगती और बागियों की कहानियाँ सुनती। वह जिस द्वार पर जाती वहीं उसे भिक्षा मिलती। शायद ही कोई ऐसा हो जहाँ से उसे विमुख लौटना पड़ा हो। वह आवाज लगाती–

"बच्चों के माई-बाप! बन जाय तो संन्यासिनी को भिक्षा दो" और घर के भीतर से कहीं कोई बुढ़िया, कहीं कोई तरुणी, कहीं कोई कन्या दौड़ी आती ... आटा, दाल, नमक...मिर्च...घी...गुड़ जो भी बनता सो लिए हुए।

कहीं आवाज आती– "बाई जी भीतर आ जाओ, गुड़ मट्ठा ले जाओ।"

संन्यासिनी भीतर चली जाती...औरतें बच्चे दिखातीं, उसका आशीष लेतीं. ..भोजन करातीं।

और छेड़ देतीं बागियों की चर्चा...घण्टों बीत जाते...वह सुनती रहती...सुनती रहती आँखों में आँसू भरकर।

धौलपुर से कालपी तक वह नदियों के किनारे बसे गाँवों में घूमती फिरी। चम्बल के पार दक्षिण में मुरैना और भिण्ड जिलों तक के नागरिकों की दर्दभरी कहानियाँ उसने सुनीं। उसकी आँखों में उस क्षेत्र का एक अजीब-सा चित्र घूमने लगा...

भारत के मानचित्र में वह देखने लगी–

त्रिभुजाकार एक ऐसा क्षेत्र, जो चम्बल एवं उटंगम नदियों के किनारों से मीलों तक घने जंगलों, डाँगों, गहरी कटानों, सैकड़ों फीट ऊँची करारों और उतने ही गहरे भरिकाओं से घिरा हुआ है। 1857 के राजविद्रोह से पूर्व इस क्षेत्र का अधिकांश भाग भदावर राज्य के अन्तर्गत था। राजनीतिक क्षेत्र में इस राज्य का बहुत सम्मान था। यहाँ भदौरिया वंश के राजा राज्य करते थे। वे वीरता और पराक्रम के लिए समस्त राजपूत जाति में प्रख्यात और प्रतिष्ठित थे। ग्वालियर महाराज भी उनका लोहा मानते थे।

इस वंश के राजाओं ने बाहरी आक्रमणों के समय अद्भुत वीरता का प्रदर्शन किया था। आवश्यकता पड़ने पर वे कश्मीर तक युद्ध करने पहुँचे थे। उनकी तलवार की धाक मुगल बादशाहों पर भी थी।

भिण्ड जिले का अटेर कस्बा चम्बल के किनारे भदौरिया राज्य के महत्त्व को सिद्ध करने के लिए अपने ध्वंसावशेषों में अब भी इतिहास के कई स्वर्णिम पृष्ठ सुरक्षित किए हुए है। इटावा जिले का हस्तिकांत कभी भदौरिया राजाओं का गढ़ था। चम्बल के उत्तरी किनारे पर गहरी चट्टानों और ऊँची करारों के साथ दृढ़ता के साथ वास्तुकला के अप्रतिम नमूने बने खड़े हुए खण्डहरों में वह अब भी चाँदनी रातों में वीरता और वैभव के स्वप्न देखा करता है। यहाँ से पुरातत्व-विभाग वाले अनेक विचित्र और ऐतिहासिक महत्त्व की वस्तुएँ उठा ले गए, फिर भी उसका महत्त्व कम नहीं हुआ। वहाँ के राजभवन में भी संगीत, नृत्य आदि कलाओं का सात्विक आनन्द चाँदनी रातों में साकार हुआ करता था; किन्तु अब वे रातें विजन, एकान्त और नीरव वातावरण में सोए खण्डहरों में चिर निद्रा ले रही हैं।

दक्षिण की ओर चाँदी की निर्मल धारा के समान मदिरगति से चम्बल नदी बहती है। उसके दक्षिणी किनारे पर उत्तरी किनारे के समान ही डाँगों और घने जंगलों का फैलाव नजर आता है। उत्तरी किनारे की कटानें कन्दराएँ और करारें जो काँटेदार पेड़ों और झाड़ियों से छाई हुई है, उत्तर की ओर यमुना किनारे खड़े घने जंगलों से मिली दिखाई देती हैं, बीच में पश्चिम से पूर्व को बहुत थोड़ी समतल भूमि है, जिसके वक्ष को चीरती हुई कंकड़ों की एक सड़क पूर्व की ओर चली गई है। इसके किनारे कहीं-कहीं ऐसी मिट्टी है कि बरसात के दिनों में पैदल चलना भी कठिन हो जाता है। मिट्टी बहने लगती है और उस पर पैर फिसलने लगते हैं। बीच में कहीं-कहीं काली मिट्टी पड़ती है जो पैरों के साथ चिपट जाती है तो पथिक के लिए चार कदम भी चलना चार कोस के बराबर हो जाता है।

अतः बरसात के दिनों में यहाँ का जन-जीवन एक साथ तीनों तापों में जल उठता है। वर्षा में कच्चे घर फूटने लगते हैं। कभी-कभी रात में सोए हुए स्त्री-पुरुष और बच्चे छत बैठ जाने या दीवार गिर जाने से मिट्टी में दबे मिलते हैं। बीमारी

फैलती है तो घर-घर खाटें बिछ जाती हैं और उपयुक्त चिकित्सा के अभाव में मौत अपनी फसल काटती चली जाती है। बागियों को अपनी दुश्मनी पूरी करने और लूटने की आजादी मिल जाती है, क्योंकि उनके छिपने के स्थानों तक वर्षा के कारण पुलिस के ठेले नहीं पहँच पाते।

चम्बल के किनारे की तरह ही यमुना के किनारे भी भदौरिया राजाओं के दो दुर्गों के ध्वंसावशेष मिलते हैं। ये दुर्ग बटेश्वर तथा नवग्राम (नौ गवाँ) नामक स्थानों पर बने हुए हैं। भदौरिया राजाओं की कीर्ति के ये अन्तिम ध्वंसावशेष हैं। जिस प्रकार चम्बल के किनारे के दोनों दुर्गों में से एक दक्षिणी किनारे पर है और एक उत्तरी किनारे पर, उसी प्रकार बटेश्वर और नवग्राम के दुर्ग भी क्रमशः बाएँ किनारों पर थे, किन्तु अब वे दोनों यमुना के दाएँ किनारे पर ही आ गये हैं।

प्रतिमा को गाँवों में धूमते समय इन दुर्गों के विषय में अनेक लोकवार्ताएँ सुनने को मिलीं। बटेश्वर के विषय में उसे एक वृद्धा ने बताया—

''एक बार भदौरिया राजा आगरा में मुगल दरबार में उपस्थित थे। वहाँ बटेश्वर के जंगल में शिकार खेलने का कार्यक्रम बनाया गया। मुगल सम्राट् ने जंगली रास्तों और किनारे के ग्रामों का परिचय भदौरिया महाराज से पूछा। उत्तर देते समय महाराज से एक भूल हो गई। उन्होंने बटेश्वर ग्राम को यमुना के बाएँ किनारे पर बता दिया। जब वे वापिस लौटे तब उन्हें अपनी भूल का ज्ञान हुआ। बटेश्वर बाएँ किनारे पर नहीं दाएँ किनारे पर था। वे सोचने लगे कि जब सम्राट् यहाँ आयेगा तो मेरी बात असत्य सिद्ध होगी। उन्होंने तुरन्त यमुना की धार को मोड़ने का निश्चय कर डाला। आजकल की तरह उस समय बाड़े-बड़े बाँध और पुल बनाने वाले इन्जीनियर नहीं थे। यमुना कोई छोटी नदी नहीं है, जिसकी धार को मोड़ देना सरल कार्य हो। उसकी धारा वर्ष में एक दिन के लिए भी नहीं सूखती। फिर बटेश्वर के निकट दोनों ओर खड़ी करारों के बीच बहने के कारण गर्मियों के दिनों में भी उसमें पर्याप्त वेग रहता था। महाराज चिन्ता में डूब गये, किन्तु हताश नहीं हुए। भदौरिया राजा काल से भी हार नहीं मानता, फिर यमुना की धार को मोड़ना उनके लिए क्या कठिन था? बहुत समय तक महाराज के

हृदय में द्वन्द्व चलता रहा और उसके पश्चात् प्रकृति ने आश्चर्यभरी आँखों से देखा कि उनका उत्साह, साहस, शौर्य और पराक्रम सहस्त्रों श्रमिकों के साथ यमुना की धारा मोड़ने में लगा हुआ है। अश्व पर सवार महाराज दिन-रात श्रमिकों में नवीन शक्ति और उत्साह का संचार करने के लिए यमुना के किनारे खड़े रहते। पक्का बाँध बनने लगा और मिट्टी डाल-डालकर यमुना का प्रवाह मोड़ा जाने लगा। कुछ समय में महाराज का स्वप्न पूरा हो गया।

आज भी वह बाँध बड़े-बड़े इन्जीनियरों को आश्चर्य में डाल देता है। दक्षिण-पश्चिम के कोने से उत्तर-पश्चिम के कोने तक अर्द्धवृत्ताकार लगभग एक मील लम्बा वह बाँध उन ऊँची-ऊँची करारों को जोड़ता है, जिनके बीच में होकर कभी यमुना की धारा बहती थी। इस बाँध के ऊपर भदौरिया राजाओं ने 101 शिव-मन्दिर बनवाये और शिवतीर्थ की स्थापना की। तभी से यहाँ कार्तिक की पूर्णिमा को उत्तर भारत के लाखों तीर्थयात्री शिव-दर्शन के लिए आते हैं और लगभग 15 दिन करारों से घिरे हुए उस विस्तृत मैदान में, जहाँ पहले यमुना बहती थी, विशाल मेला लगता है।

तीर्थ-यात्री पूर्णिमा की चाँदनी रात्रि में यमुना के शीतल जल में स्नान करके बड़ी श्रद्धा से शिवलिंग पर जल चढ़ाते हैं, घंटों की ध्वनि से समस्त वायु-मंडल गूँज उठता है।

और उस समय उन्मुक्त आकाश के नीचे खड़ा होकर जब कोई व्यक्ति चारों ओर आँखें फैलाकर प्रकृति के रम्य रूप को देखता हुआ यमुना-प्रवाह की ओर ध्यान देता है, तो वह आश्चर्य में डूब जाता है। चन्द्र की षोडशकलाओं में छिपी हुई रात का रजत उत्तरीय ओढ़े श्वेतवर्ण के समस्त शिव-मंदिर उस बाँध पर खड़े हुए कितने सुन्दर लगते हैं, यह भूलकर वह व्यक्ति सहसा यह सोचने लगता है कि कैसे थे वे श्रमिक और कितने पराक्रमी थे वे भदौरिया राजा जिन्होंने सदैव पश्चिम से पूर्व को बहने वाली यमुना के प्रवाह को बटेश्वर के पास अपनी शक्ति से मोड़कर पूर्व से पश्चिम को बहा दिया है और उसके दाएँ किनारे पर आ गया है बटेश्वर का ग्राम और उसमें बना हुआ है ऐतिहासिक दुर्ग। मानो यहाँ मानव-शक्ति से प्रकृति भी पराजित हो गई है।"

वृद्धा की भाषा में प्रतिमा को प्रभावित करने की पर्याप्त शक्ति थी। वह बड़े ध्यान से वृद्धा की बात सुन रही थी। वृद्धा ने आगे कहा– "लोग यह भी कहते हैं कि यहाँ एक भदौरिया महाराज अपनी महारानी के साथ स्नान करने आये थे और नदी में डुबकी लेते समय उनकी लड़की लड़का बन गई थी। उसी के हर्ष में बाँध पर 101 शिव-मन्दिरों की प्रतिष्ठा की गई थी। आज भी अनेक स्त्री-पुरुष मध्य में बने हुए विशाल शिव-मन्दिर की परिक्रमा करते हैं, दीवारों पर मिट्टी के स्वस्तिक बनाते हैं और घण्टे बजाकर शिवजी से पुत्र-प्राप्ति की कामना करते हैं। कहा जाता है, वहाँ आने वाले भक्तों की मनोकामनाएँ सदैव पूर्ण होती हैं, इसीलिए प्रतिवर्ष लाखों रुपये और सैंकड़ों घंटे मंदिर पर चढ़ाये जाते हैं।"

प्रतिमा इस लोक-वार्ता को सुनकर सिहर उठी। एक क्षण वह किसी ध्यान में वहाँ बैठी रही। वृद्धा ने आगे बताया– "यहाँ कभी-कभी डाकू भी अपनी मनोकामनाएँ पूर्ण करने के लिए शिवजी को घण्टा चढ़ाने आते हैं।"

फिर एक साँस में ही उसने कई दस्यु सरदारों के नाम गिना डाले। किन्तु उन नामों में चन्दन का नाम नहीं था।

प्रतिमा ने पूछा– "चन्दन का नाम नहीं जानती हो तुम? उसका भी तो एक गिरोह होगा।"

वृद्धा ने उपेक्षा की साँस लेकर कहा– "ऐसे छोटे-छोटे गिरोहों की क्या बात करना बाईजी! यह तो वीरभूमि है, मरना-मारना यहाँ के लोगों का खेल है।"

सुनकर प्रतिमा कुछ उत्तेजित हो उठी। बोली– "तुम इसे वीरता कहती हो? निरपराधों को मारना वीरता है? भोली जनता की हत्या करना भी कोई खेल है!"

वृद्धा वाद-विवाद नहीं करना चाहती थी, इसलिए उसने बात को टालते हुए कहा– "सुना है, पास के एक गाँव को बुरी तरह लूटकर डाकुओं ने पिछले सोमवार को शिवजी पर घण्टा चढ़ाया है।"

प्रतिमा तब तक मन की गहराई में खो गई थी। आँखों में एक-एक करके घूमने लगे वे जंगल, डाँगों और करारों के दृश्य...भोली-भाली संकटग्रस्त जनता...भदौरिया राजाओं का बीता हुआ इतिहास...और बटेश्वर के बाँध पर एक सौ एक शिव-मंदिर!

सत्रह

हजारीसिंह जिस समय बन्दूक हाथ में लेकर जंगल की शरण में आया उस समय अनायास ही उसे लगभग 20 आदमी ऐसे मिल गये जो या तो अपने शत्रु से बदले के लिए किसी दस्यु का नेतृत्व चाहते थे या जमीन के झगड़ों में किसी की हत्या करके भाग आये थे या लगातार कई साल फसल अच्छी न होने के कारण कर्ज के बोझ से बचकर डाके का पेशा अपनाने को विवश हुए थे। हजारीसिंह फौज का निकला हुआ आदमी था। इसलिए उसे मरने-मारने में किसी प्रकार का भय न था। विभिन्न अस्त्र-शस्त्रों को चलाने का उसे अच्छा अभ्यास था। वह दूसरों को भी बड़ी सरलता से बन्दूक चलाने में दक्ष बना सकता था। इसलिए अल्पकाल में ही वह एक कुशल दस्यु-दल का सरदार बन गया। नदियों के किनारे बसे हुए गाँव उसके आतंक से काँपने लगे। धीरे-धीरे भिण्ड, मुरैना और धैलपुर के क्षेत्रों में भी उसकी सरगर्मियाँ बढ़ गईं।

छोटे-छोटे निर्धन किसान अपनी फसल को बेचकर और बाहर मेहनत मजदूरी करके जो कुछ बचाते थे, वह हजारीसिंह के दस्यु-दल का आहार बनने लगा। कभी कोई गाँव लुटता तो कभी कोई गाँव। अभी हजारीसिंह को बागी हुए अधिक समय भी नहीं हुआ था, परन्तु उसके कार्य इतना आतंक फैलाने लगे थे कि खेतों में काम करने वाले स्त्री-पुरुष और बच्चे उसके भय से काँपा करते थे।

वह दिन-दहाड़े किसी भी गाँव में घुस जाता था और स्त्री-पुरुषों को पीटता हुआ जो कुछ मिलता था, उसे लूटकर जंगल में भाग जाता था।

यू.पी. की पुलिस दस्युओं के गिरोहों को पकड़ने के लिए कठोर कार्यवाही कर रही थी। सरकार ने कई बागियों को जीवित पकड़कर लाने या मार डालने के लिए बड़े-बड़े पुरस्कार घोषित किए थे। हजारीसिंह के घर का सब सामान नीलाम कर दिया गया था। किवाड़ तक बेच दिए गऐ थे, केवल कच्ची टूटी-फूटी दीवारें रह गई थी। उसके दो भाइयों पर, जो पकड़ लिए गए थे, कई अभियोग चल रहे थे। परिवार के शेष पुरुष उसके दल के सदस्य बन गए थे ओर बच्चों ने सम्बन्धियों के यहाँ शरण ली थी।

आज बहुत दिनों के बाद हस्तिकांत के जंगल में पड़ा हुआ उसका दल शांति-पूर्वक विश्राम कर रहा है। अनेक ग्रामों को लूटने और धनिकों को पकड़ कर उनसे रुपया लेने के पश्चात् आज हजारीसिंह इतनी सम्पत्ति इकट्ठी कर सका है, जिसके आधार पर वह कई वर्ष बिना डाका डाले आराम से गुजार सकता है।

आकाश में द्वितीया का चाँद थोड़ी देर चमक कर अदृश्य हो चुका है। अभी-अभी कुछ देर पहले हजारीसिंह और उसके साथियों ने उस चन्द्र-रेखा को साष्टांग प्रणाम किया था और अनेक मनोकामनाओं में डूबकर वे गद्गद हो उठे थे। अभी तो उन्होंने चाँद के छिपने के बाद लूटी हुई अपनी उस समस्त सम्पत्ति का हिसाब लगाया था, जिसे वे खण्डहर के गुप्त भाग में, लूट आरम्भ करने के समय से संचित करते आ रहे थे। वह सम्पत्ति कितनी अधिक हे, कितने प्रकार की है और कितनी सुन्दर है, यह सोचकर वे सब खुशी से गद्गद हो उठते थे। उस दल के किसी भी सदस्य ने इतनी सम्पत्ति अपने नागरिक जीवन में कभी देखी भी न थी। जितनी ईमानदारी और परिश्रम से वे उस समय धन की ओर दौड़ते थे, उतने ही वे उससे दूर हो जाते थे। सदैव खाने-पीने के लाले पड़े रहते थे। कोई वर्ष भर खेतों में काम करके जब फसल को बेचता था तो कठिनाई से बोहरे का ब्याज और खेतों का लगान चुका पाता था। कोई अहमदाबाद की मिलों में घुट-घुटकर वर्ष भर में जो कुछ बचा पाता था, उससे घर आने पर वह अपनी

पत्नी की साध को भी पूरा नहीं कर पाता था। कोई वर्ष भर नदी में नाव पर बैठकर डाँडें चलाते-चलाते इतना भी नहीं कमा पाता था कि अपने परिवार के लिए त्यौहारों के दिन गेहूँ की रोटी भी जुटा सके। न जाने कितने रूपों में उस समय वे परिश्रम करते थे, किन्तु वर्ष के अन्त में मेलों-तमाशों के लिए भी पर्याप्त पैसे न बचते थे।

हजारीसिंह ने अपनी आयु का अधिकांश श्रेष्ठ भाग फौज में नौकरी करते हुए बिता दिया था। वह सूबेदार बनकर घर अवश्य लौट आया था पर धन की बचत के नाम पर उसके पास कुछ भी जमा नहीं हो सकता था। डाकू बनकर उसने अपनी धन-तृष्णा को मनमानी तृप्ति प्रदान की। लूट के सामान में ऐसी कौन-सी वस्तु उसे नहीं मिली थी, जिसकी उसके चेतन या अचेतन मन में कभी कामना उठी हो। विभिन्न प्रकार के आभूषण...भाँति-भाँति के सूती-ऊनी और रेशमी वस्त्र...सब कुछ तो था आज उसके सामने। कितने ही गरीबों-रईसों को लूटा था उसने। गरीब किसान की स्त्री के गले की हँसली से लेकर सेठानियों के हीरे-जवाहिरातों से जड़े हुए हार तक उसके कोष में आ गए थे।

तभी तो आज हस्तिकांत के जंगल का राजा बना हुआ है हजारीसिंह। खण्डहर के एक चिकने भाग पर बैठकर अपने दुःसाहस से अर्जित उस समस्त सम्पत्ति को, जिसको अभी-अभी उसके साथियों ने मंद दीप-प्रकाश में सम्हाल कर रखा है, बड़े ध्यान से देख रहा है। आज वह मन ही मन बड़ा प्रसन्न है। सहसा उसके भीतर कोई आवाज जागी– 'आतंक!' आतंक तो तुम्हारे ऊपर भी है हजारीसिंह...

पुलिस का...कानून का...मौत का! और यह वही आतंक है जो तुम दूसरों पर फैला रहे हो।

एक क्षण वह किसी विचार में खोया-सा आकाश की ओर देखता रहा। वह सोचने लगा—क्या ही अच्छा होता मैं इस समस्त सम्पत्ति को लेकर अब समाज में जा सकता...नागरिक जीवन बिता सकता! और तभी उसे लगा, वह मर गया है...वह हजारीसिंह, जो कभी चौपाल में बैठा मूँछों पर हाथ फेरता हुआ हुक्का

गुड़गुड़ाया करता था, मरने से भी अधिक भयंकर दशा में पहुँच गया है। कानून के कारण आज वह मारा-मारा फिर रहा है।

...फिर सहसा उसके हृदय में एक द्वन्द्व पैदा हुआ।...

...हजारीसिंह! आज तुम अपार सम्पत्ति के स्वामी हो! मौत तुम्हारी मुट्ठी में बन्द है। किन्तु तुम कुछ नहीं हो। आज न तो तुम कहीं चैन से टिक सकते हो...न समय पर भोजन पा सकते हो और न कभी पूरी नींद सो सकते हो। आज तुम हजारीसिंह नहीं हो! बन्दूक हाथ में होते हुए भी आज तुम पत्ते की खड़क से चौंक उठते हो। जितना भय लोगों को तुम्हारा है, उस से भी अधिक भय तुम्हें पुलिस का रहता है। थोड़ी देर के लिए जब कहीं तुम्हारी आँख लग जाती है तो तुम्हें मौत की छाया नजर आती है। सिपाहियों की संगीनें तुम्हें अपने ऊपर तनी दिखाई देती हैं।

दूसरे ही क्षण उसके अन्तर्द्वन्द्व का ज्वार एक अन्य दिशा में मुड़ा... हजारीसिंह! यह सब सम्पत्ति...ये हजारों नोट...कीमती जेवर और जवाहरात... अच्छे-अच्छे वस्त्र..तुम्हारे नहीं हैं...तुम्हारे काम के नहीं हैं...तुम इनका उपभोग नहीं कर सकते! ...तुम इनकी रक्षा भी नहीं कर सकते। इस सम्पत्ति से न तुम्हारी कोई साध पूरी हो सकती है, न तुम्हारे साथियों की, और न तुम्हारे या किसी अन्य के परिवार वालों की...।

लोक-वार्ताओं से सुने हुए पुराने वैभव का स्मरण कर रहा है वह। सोचता है, इतनी सम्पत्ति कभी इस दुर्ग से सुखोपभोग करने वाले भदौरिया राजाओं के पास भी न रही होगी। ये खण्डह्र उनके अतीत के वैभव पर अब तक गर्व करते रहे होंगे, किंतु आज ये देखें कि हजारीसिंह का वैभव भी भदौरिया राजाओं से कुछ कम नहीं है। वह अपार सम्पत्ति का स्वामी है। समस्त जंगली भूमि पर उसका राज्य है। हर गाँव का हर आदमी भयभीत होकर, उसकी आज्ञा का पालन करता है और जिधर से वह निकल जाता है, उधर स्त्री, पुरुष और बच्चों के दिल पर उसका आतंक छा जाता है।

...हजारीसिंह! यह सम्पत्ति जैसे खण्डहरों में छिपाई जा रही है, वैसे ही खण्डहर हो चुके होंगे तेरे मकान के...तेरा घर लुट गया होगा...परिवार भंग हो गया होगा। ...स्त्री-बच्चे दाने-दाने को तबाह हो रहे होंगे—और तू गर्व करता है इस सम्पत्ति पर!

धीरे-धीरे हजारीसिंह भावों की गहराई में कुछ अधिक डूब गया। उसके साथी इधर-उधर विश्राम करने लग गए थे। कुछ पूर्व-व्यवस्था के अनुसार स्वतः पहरे पर जा खड़े हुए थे और कुछ खण्डहर की शिलाओं पर लुढ़क कर क्षणिक नींद का आनन्द लेने लगे थे। हजारीसिंह की भाव-धारा अभी पूरी नहीं हुई थी।

वह ध्यान लगाकर अपनी आत्मा की धिक्कार सुन रहा था—

—हजारीसिंह! यह अपार सम्पत्ति जो तुमने अपने साथियों के साथ सैकड़ों स्त्री-पुरुषों का दिल दुखाकर संचित की है, तुम्हारे साथ नहीं जाएगी। अनेक निरपराधों की हत्या के खून में यह सम्पत्ति डूबी हुई है। इसका भोग करने वाला चैन की नींद नहीं सो सकता। तुम अपने जिन कारनामों पर गर्व करते हो, वे तुम्हें नरक की भयंकर यातनाओं में पहुँचाएँगे।

और अचानक वह चौंककर उठ खड़ा हुआ। पर भीतर की वह आवाज अब भी उसे नहीं छोड़ रही थी—

"हजारीसिंह! तुम अपना लोक-परलोक—दोनों बिगाड़ चुके। इस लोक में कानून तुम्हें क्षमा नहीं कर सकता और परलोक में ईश्वर का भयंकर दण्ड भोगना होगा।" ...हजारीसिंह का शरीर सिहर उठा। वह अचानक चिल्ला उठा...

"मौत! ...मौत!! —मौत मेरा पीछा कर रही है...वह मेरे पीछे खड़ी है... बचाओ...बचाओ मुझे!"

और पागल की भाँति वह समस्त सम्पत्ति को छोड़कर जंगल की ओर भग चला।

इधर-उधर लेटे सब बन्दूकधारी चौंक पड़े। पहरे पर खड़े बन्दूकधारी ने सावधान होकर घोड़ा दबाया।

धाँय! ...धाँय!!

और एक क्षण में सब बन्दूकधारी सरदार को भागता हुआ देख किसी खतरे की आशंका से उसके पीछे भाग चले।

आकाश में तारे हँस रहे थे। वे देख रहे थे, इन्सानों के रक्त में भींगी हजारीसिंह की सम्पत्ति अनाथिनी बनी हस्तिकांत के उस खण्डहर में पड़ी है।

अठारह

भदावर के एक छोटे कस्बे पर्णहाट (पिनहाट) से कुछ दूर चम्बल के किनारे एक गाँव में आज बहुत चहल-पहल है। गाँव के चौधरी के यहाँ लड़के की शादी है। आस-पास के अनेक गाँवों के लोग उसमें निमंत्रित किए गए हैं।

भोज में सम्मिलित होने जो लोग आए हैं, उनमें भदावर क्षेत्र के कई लोक-गीतकार भी हैं। चौधरी के अनुरोध पर वे गीत सुनाने के लिए राजी हो गए हैं। दरवाजे के सामने एक बहुत बड़ा मैदान है। देखते-देखते उसमें कई फर्श और जाजम बिछ गए। बात की बात में श्रोताओं की भीड़ एकत्र हो गई।

गाँव के बालक, वृद्ध, स्त्री-पुरुष, सभी आनंद में मग्न होने लगे। पुरुष भूमि पर बैठे थे और स्त्रियाँ मकानों की छतों पर। खुशी से उछल-कूद करते हुए बच्चे इधर-उधर शोरगुल मचा रहे थे।

थोड़ी देर बाद हण्डे के प्रकाश में दरवाजे के पास के चबूतरे पर गीतकारों ने प्रवेश किया। श्रोताओं में गहरी शान्ति छा गई। बच्चे भी गीत सुनने की इच्छा से अपने आप इधर-उधर बैठ गए।

चौधरी ने कहा– ''मैंने आप लोगों की इच्छा पूरी करने के लिए अपने घाट के प्रसिद्ध गवैयों को रोक लिया है। इन्होंने मेरी प्रार्थना स्वीकार कर मुझ पर बड़ी कृपा की है। आज ये आप लोगों को अपने गीत तो सुनाएँगे ही, साथ ही रतनू, सुखलाल और ईसुरी के गीत भी गाएँगे। जो लोग इनके साथ सुर मिला सकें, वे

हमारे पास आ जाएँ।"

श्रोताओं ने चौधरी की बात को ध्यान से सुना। कुछ नवयुवक उठ कर उसके पास चले गए।

हारमोनियम बजने लगा और ढोलक पर थाप पड़ी। एक गायक ने धीरे-धीरे 'सुमिरनी' का गीत गाया और श्रोता-लोग भक्ति के भाव में झूमते हुए गीत को सुनने की मुद्रा बनाने लगे। उस समय चारों ओर जो नीरवता छा गई थी, उसे देखकर आश्चर्य होता था। हण्डे के प्रकाश में मैदान के किनारों पर खड़े नीम के पुराने पेड़ चमक रहे थे। उनकी पत्तियाँ भी हिलती नजर नहीं आती थीं। लगता था, प्रकृति भी उस समारोह में योग दे रही है।

अचानक एक गीतकार ने खड़े होकर अपना बायाँ हाथ कान पर रखा और दायाँ हाथ आकाश की ओर उठाते हुए 'आ ऽ ऽ ऽ' का स्वर खींचा। बहुत देर तक उस स्वर को खींच कर अपने गले की जाँच करता रहा, फिर धीरे-धीरे ढोलक पर जोर की थाप पड़ी, हारमोनियम बजा और गीतकार ने 'सरगम' की तान खींची। उसके साथ अन्य दो गीतकार भी स्वर मिलाने उठ खड़े हुए। गीत आरम्भ हुआ—

"पर-नारि छुरी की धार है
कोउ मति परिओ फंदा में।
गौतम रिसि के घर जाइकैं
लगि गओ दागु चन्दा में।
इन्दिर कौं पापु लगौ भारी
जग जानैं।
रावन कौ करि दऔ नासु
एक सीता नैं।
रहौ न पानी-देवा।
कीचक जाके डूबौ रस में।
सिंगी रिसि-से करि लै बस में।।

भस्मासुर डारौ मारि रे ऽऽऽ
बालि बली संघारौ, हनि एक बान सौं मारौ।।"

अभी इस गीत की पहली पंक्ति ही गायक और उसके साथियों ने खींची थी कि चबूतरे पर बैठे अन्य गवैये भी उठ खड़े हुए। ढोलक और हारमोनियम वालों में भी जोश आ गया। वे भी उनके साथ खड़े हो गए। गीतकार स्वर खींचते थे और गवैये उनकी पंक्ति को दुहराते थे। हारमोनियम के सुर और ढोलक पर पड़ने वाली थापें उनके स्वर में समानान्तर चल रही थीं। गाते-गाते वे सब चबूतरे से नीचे उतर पड़े और फर्श पर बैठे श्रोताओं के मध्य आ गए। अद्भुत समा बँध गया। हर एक पंक्ति के साथ श्रोताओं की तन्मयता बढ़ती जा रही थी। उन्हें पता भी न चला कि कब गीत का अन्त हुआ।

कई क्षण तक ऐसा लगता रहा मानो गीत की पंक्तियाँ आकाश में गूँज रही हैं। जब तक श्रोताओं का ध्यान टूटा तब तक गीतकारों ने चबूतरे पर पहुँचकर दूसरा गीत आरम्भ कर दिया था—

"पीपर काटैं औरु बरु गोदें
कन्या के धन खाए हैं।
झूँठी गंगा रोजु उलीचैं
भारे मन में स्याहे हैं।
बिटिया भैनि भानिजी कौं
ना समझें बुआ नातिनी कौं
जा कलजुग में!
लिखे बदे को खेला देखौ
ठगई चोरी करैं
पाप को नेकहु नाहिं डरैं।
जनम ते जेई रुजिगार करे हैं।
तौउ पदवी कौं झगरे हैं।।"

पहले गीत के समान ही इस बार भी श्रोताओं पर स्वर का जादू छा गया। उनके सिर झूमते दिखाई दे रहे थे। कुछ श्रोता तन्मय होकर मंद स्वर में गीत की पंक्तियाँ भी दुहरा रहे थे। जब अन्तिम पंक्ति का सुर खींचा जा रहा था, तभी अचानक दस-ग्यारह बन्दूकधारियों ने वहाँ प्रवेश किया। वे सब पुलिस की वर्दी पहने थे। कुछ श्रोताओं ने उन्हें देखा और कानाफूँसी शुरू हुई।

उस जन-समूह में पुलिस का एक मुखबर भी था। उसको उन बन्दूकधारियों पर संदेह हुआ। अतः चुपचाप खिसकने की चेष्टा में वह ज्योंही भीड़ से बाहर आया, त्योंही एक बन्दूकधारी ने गोली चला दी। 'धाँय' की आवाज के साथ वह मुखबिर धराशायी हो गया। अन्य बन्दूकधारियों ने हर्षोन्मत्त होकर नारा लगाया, "दानसिंह की जय!"

यद्यपि एक ही गोली चली थी, पर जन-समूह में ऐसी भगदड़ मची कि देखते-देखते मैदान में एक भी आदमी या बच्चा न रहा। छतों पर बैठी स्त्रियाँ और बच्चे भी उल्टे-सीधे भागे और अपने-अपने घरों में घुस गए। भगदड़ में कुछ बच्चे छतों से गिर गए, कई स्त्रियों के चोटें आईं।

चौधरी के पैरों के नीचे से जमीन खिसक रही थी। वह घबराया हुआ कभी घर में जाता था और कभी बाहर आता था। अभी कुछ देर पहले जहाँ आनन्द का समुद्र लहरा रहा था, वहाँ अचानक मरघट की उदासी छा गई। नीम के पेड़ों पर विश्राम करने वाले पक्षी अपनी-अपनी बोलियों में घबराहट प्रकट करते हुए पंख फड़फड़ा रहे थे। मैदान में बिछे फर्श पर एक ओर फटी ढोलक लुढ़क रही थी और दूसरी ओर गिरकर टूटा हुआ हारमोनियम पड़ा था।

बन्दूकधारी नौ-दो ग्यारह हो चुके थे।

चौधरी घबराया सोच रहा था– "हाय ईश्वर! तूने यह क्या कर दिया? ...विवाह के समय मेरे द्वार पर आदमी की हत्या! दानसिंह के गिरोह के द्वारा यह जघन्य दुर्घटना! ...अब पुलिस मुझे छोड़ नहीं सकती क्योंकि दानसिंह मेरा रिश्तेदार है। सब लोग यही कहेंगे कि चौधरी ने जानबूझकर ऐसा कराया है! ...कैसा रंग में भंग हुआ? बेटे के फेरे भी न पड़ पाये। अब बारात ले जाने के बदले मुझे जेल की हवा खानी होगी!

धीरे-धीरे रात्रि के सन्नाटे में पक्षियों की फड़फड़ाहट भी लय हो गई, किंतु चौधरी के हृदय की घबराहट न रुकी। सोचता-सोचता वह अनेक दुष्कल्पनाओं में उलझ गया।

अचानक दरवाजे के किवाड़ों की कुण्डी खटकी। छोटे-छोटे बच्चों ने भीतर से पुकारा– ''पिताजी! ...पिताजी!''

और फिर उनके रोने की आवाज चौधरी के कानों में पड़ी। उसकी चेतना को उस आवाज ने एक झटका-सा दिया। वह चौंककर दरवाजे की ओर मुड़ा। देखा, दरवाजा खोले उसकी पत्नी बच्चों के साथ खड़ी सिसक रही है।

चौधरी समझ गया, वे सब डरे हुए हैं। साहस बँधाता हुआ वह बोला– ''चलो, भीतर चलो। चिन्ता की कोई बात नहीं। डाकू मुखबिर को मारने आये थे सो मार गये। अब लौटकर वे इधर नहीं आ सकते, क्योंकि पुलिस से बचने के लिए दूर निकल भागने की कोशिश करेंगे।''

...और फिर सबको लेकर वह घर में चला गया। आँगन में पहुँचकर उसने देखा कि न तो नित्य की तरह वहाँ स्त्रियों के गीत गूँज रहे हैं, न बाल-वृद्ध किसी के भी चेहरे पर हर्ष की रेखा है। जिसे देखो वही सकपकाया हुआ खड़ा है, छोटे-बड़े सबके हृदय पर गहरा आतंक छा रहा है। चौधरी मन-ही-मन रो पड़ा।

वह सोचने लगा, गाँव के सभी किसानों को जीवन के भयंकर संघर्ष में दिन-रात जूझना पड़ता हैं। हँसी-खुशी के अवसर उन्हें बहुत कम मिलते हैं। छोटे-छोटे बच्चे सबेरा होते ही गाय-भेंस चराने जंगल या खेतों को चले जाते हैं और सूरज ढलने पर घर लौटते हैं। स्त्रियाँ तारों की छाया में जागकर गाय-भैंस का दूध निकालती हैं, उन्हें चारा-पानी देती हैं, और फिर सबके लिए खाना पकाती हैं। इन कामों में उनको यह भी पता नहीं चल पाता कि कब सूरज निकला और कब वह आकाश के मध्य में आ गया। दोपहर होते ही वे खेतों पर काम करने वाले पुरुषों के लिए कलेऊ लेकर जाती हैं और उधर से जानवरों के लिए घास खोदकर सूरज डूबते-डूबते घर लौटती हैं। फिर बच्चों, जानवरों आदि की परिचर्या करने एवं खाना पकाने में जुट जाती हैं। पुरुष खेतों में पसीने में डूबे ज्वार, बाजरा,

जौ और चने की फसलें उगाते हैं और चैत जाते-जाते वे महाजन का ब्याज व सरकार का लगान चुकाकर रोजीरोटी की चिन्ता में पड़ जाते हैं। ऐसे नीरस जीवन में रस का संचार करने वाली कुछ गिनी-चुनी घड़ियाँ होली, दीवाली जैसे पर्वों तथा लड़की-लड़कों की शादियों में ही उन्हें मिल पाती हैं। गाँव में जब किसी के यहाँ शादी होती है, तब साल भर की उदासी और नीरसता से पिण्ड छुड़ाने का उन्हें अवसर मिलता है। और, अब उसमें भी ऐसे संकट! मेरे घर शादी का यह आनन्ददायक अवसर आया भी तो आतंक और दुख की आँधी लेकर आया। न जाने कितने समय से हम लोग मुन्ना की शादी के कल्पित आनन्द की प्रतीक्षा कर रहे थे। उस दीर्घ प्रतीक्षा का ऐसा भयंकर परिणाम होगा, यह कभी किसी ने सोचा भी नहीं था।

चौधरी की चिन्ता का तार एक बार खिंचता ही चला गया। पत्नी न जाने क्या सोचकर घबरा गई। वह निकट आई और भर्राए स्वर में बोली– ''मुन्ना के बापू! अब क्या होगा?''

''होगा क्या, मुन्ना का विवाह और घर में बहू का आगमन। ...मुन्ना की माँ! इतनी क्यों घबरा रही हो।'' चौधरी ने साहस बँधाया।

''ईश्वर ने रक्षा की। ...डाकू चले गए, नहीं तो आज घर की सभी बहू-बेटियाँ लुट जातीं। ...अपने पास इतना पैसा भी नहीं जो उन सबका नुकसान भर पाते।'' चौधरी की पत्नी ने आतंक का पर्दा थोड़ा-थोड़ा हटाकर संतोष का दूसरा मार्ग निकाला।

चौधरी बोला– ''वह तो नहीं हो सकता था मुन्ना की माँ! ...दानसिंह का गिरोह था। अपना रिश्तेदार होकर वह ऐसा न करता।''

चौधरी की पत्नी आगे कुछ कहना ही चाहती थी कि अचानक दरवाजे पर खट-खट की आवाज हुई। चौधरी दौड़कर कुण्डी खोलने गया।

उसकी पत्नी ने देखा, किवाड़ खोलकर सकपकाया हुआ वह भीतर आ रहा है और उसके पीछे एक बन्दूकधारी है। वह जोर से चीख उठी–''डाकू!...डाकू!''

स्त्री-बच्चों में फिर भगदड़ मच गई। सब घबराए हुए गिरते-पड़ते इधर-उधर छिपने लगे।

बन्दूकधारी ने कहा– "डरो नहीं। दानसिंह तुम्हें डराने नहीं विवाह की दावत खाने आया है।" और चौधरी से बोला– "तुम इन्हें शान्त करो और चुपचाप मेरे लिए खाना ले आओ..."

चौधरी किंकर्तव्य-विमूढ़ सा भीतर चला गया। वह बहुत जल्दी दानसिंह के लिए खाना ले आया। घर में फिर पहले जैसा सन्नाटा छा गया।

भोजन कर चुकने के बाद दानसिंह बोला–"आज तुम्हारे घर पर गाँव में चहल-पहल क्यों नहीं है? क्या विवाह के मौकों पर भी तुम लोग हँसी-खुशी का जीवन नहीं बिताते?"

चौधरी चुप था। दानसिंह ने फिर कहा– "तुमने तो मुझे निमंत्रित नहीं किया, किन्तु रिश्तेदार होने के कारण मैंने शादी में सम्मिलित होना अपना कर्तव्य समझा। बहुत दूर से आ रहा हूँ, इसीलिए देर हुई।"

अब चौधरी की वाणी कुछ खुली। बोला– "यदि यही बात थी, तो तुम्हें रंग में भंग नहीं करना था, विवाह के दिन मेरे दरवाजे पर ही मुखबिर को नहीं मारना था।"

दानसिंह ने आश्चर्य प्रकट करते हुए कहा– "क्या कह रहे हो चौधरी? ...क्या कोई मुखबिर मैंने आज तुम्हारे द्वार पर मारा है?"

चौधरी चुप न रह सका– "अब भी लाश पड़ी हुई है। पुलिस के आने की प्रतीक्षा कर रही है। क्या उसके लिए भी प्रमाण की आवश्यकता है? ...गोली चलने के बाद सभी बन्दूकधारी तुम्हारा जयघोष कर रहे थे।"

दानसिंह बोला– "और तुमने यह विश्वास कर लिया कि मुखबिर को मैंने ही मारा है? ...मैं तो अभी-अभी अपने दल को दूर जंगल में छोड़कर अकेला आया हूँ। विश्वास करो चौधरी, मैंने मुखबिर को नहीं मारा!"

फिर कुछ सोचकर वह कहने लगा– "यह चतुरी और सोनी का काम है चौधरी! मुझे ऐसी कई घटनाओं की सूचना मिली है, जिन में वे मेरा नाम बदनाम कर रहे हैं। ...तुम जानते हो, मैं किसी से डरता नहीं। किसी को मारना होता है, तो ऐसे अवसरों की खोज में नहीं करता। आज तक मैंने विवाह के समय किसी

के दरवाजे पर गोली नहीं चलाई। फिर तुम तो रिश्तेदार हो चौधरी! ...मैंने कभी नहीं चाहा कि लोगों में मेरा ऐसा आतंक फैले कि वे हँसी-खुशी के अवसरों पर भी रोने को बाध्य हों। ...यह सब मेरे नाम पर दूसरे गिरोह वाले कर रहे हैं। मैं शीघ्र कोई ऐसा मार्ग निकालूँगा जिससे चतुरी और सोनी को अपने छल और दंभ का फल मिल सके।"

चौधरी ने देखा, दानसिंह के स्वर में क्रोध झलक आया है। वह कुछ देर तक अपने खिसकते हुए साहस को समेटता रहा। जब तक वह उत्तर में कुछ कहने को उद्यत हुआ तब तक दानसिंह क्रोध में भरा हुआ पौर के दरवाजे से बाहर हो चुका था।

उन्नीस

ज्येष्ठ मास का सूर्य अपना समस्त ताप पृथ्वी पर डालकर अभी-अभी अस्त हुआ है। अंधकार के पर्त धीरे-धीरे जड़-चेतन पर जमते जा रहे हैं। संध्या के साथ जो अंधड़ पश्चिम से उठा था, वह अभी पूर्णतः शान्त नहीं हुआ है। तेज हवा के झोंके अंधकार से मिलकर भय की काली छाया चारों ओर डालते जा रहे हैं। वर्षा ऋतु के लिए घास-फूँस की झोंपड़ियाँ तैयार करने वाले किसान दिनभर के काम से अवकाश पाकर अपने-अपने दरवाजों पर बैठे स्त्रियों और बच्चों के हृदय से भय की विभीषिका हटाने के लिए कहानियाँ सुना रहे हैं।

अचानक कुछ बन्दूकधारियों ने गाँव में प्रवेश किया। सब लोग अंधकार पर टार्च की रोशनी के सुनहरी धब्बे देखकर चौंक पड़े।

तभी एक बन्दूकधारी ने आवाज दी– "किसका धर है? ...तुम्हारा क्या नाम है?"

सामने बैठे वृद्ध ने खड़े होकर डरते-डरते कहा– ''हुजूर! मैं बिकरम आपका दास हूँ। ...आपका ही घर है यह।''

बन्दूकधारी बोला– ''हम लोग बीस आदमी हैं। बहुत तेज भूख लगी है। अभी पूड़ियों का प्रबन्ध करो।''

''घर में घी-तेल, आटा साग कुछ भी तो नहीं हुजूर! ...हम सब लोग महेरी पीकर बैठे हैं।''

''यह झूठ है! ...हम तुम्हारे घर की तलाशी लेंगे। यदि कुछ भी मिल गया तो तुम्हारी खैर नहीं!''

''हुजूर का घर है। ...जाकर देख सकते हैं।''

और बूढ़े के इन शब्दों के साथ ही वह दस्यु-सरदार उसके घर में घुस पड़ा। उसके पीछे उसके साथी भी चले गए। कुछ देर बाद जब वे बाहर निकले तो गालियाँ दे रहे थे– ''कंगाल कहीं का! ...क्या भीख ही माँगकर जिन्दा रहता है? घर में गुड़ का ढेला और भुने चने भी नहीं निकले, जो हम पानी भी पी लेते।''

बुड्ढा गिड़गिड़ाया– ''हुजूर! मेहनत-मजदूरी तो करते हैं, कमाते भी हैं, पर सब इन पेटों में स्वाहा हो जाता है। जो बचता है, वह इनसे भी बड़े पेटों में महाजनों के यहाँ चला जाता है।''

दस्यु-सरदार बड़बड़ाता हुआ आगे बढ़ गया। उसके साथी उसके पीछे हो लिए।

कुछ देर बाद गाँव में हलचल मच गई। घर-घर से घी और आटा इकट्ठा किया गया, क्योंकि डाकुओं ने कई लोगों की पिटाई की थी और उन्हें पूड़ियाँ बनाने के लिए विवश कर दिया था।

जब सब दस्यु भर पेट भोजन कर चुके और जाने को उद्यत हुए तो एक ग्रामीण बोला– ''हुजूर! आपने हमें मारपीट कर भोजन देने के लिए विवश किया, रात बीतते ही हमें पुलिस आ घेरेगी। ...भला बताइये कि हम किस प्रकार जीवित रहें!''

दस्यु-सरदार बोला– "डरो मत! तुम्हें पुलिस तंग करे तो तुम दौड़कर जंगल में हमें सूचना देना। हम पुलिस से भी निबट लेंगे।"

और फिर जाते-जाते उन्होंने "दानसिंह की जय" के घोष से आकाश को गुंजित किया तथा बन्दूक की धाँय से समस्त वातावरण को मृत्यु की विभीषिका से भर दिया।

उनके जाने के पश्चात् ऐसा लगा, मानो गाँव में कोई भी चेतन प्राणी शेष नहीं रह गया है। कुछ देर बाद हवा का मौन फिर टूटा। अँधेरे की छाती पर फिर कुछ रोशनियाँ उभरीं और देखते-देखते कुछ बंदूकधारी गाँव में घुस पड़े।

उनके प्रवेश के साथ ही मारपीट, और रोदन-क्रन्दन का क्रम आरम्भ हुआ। करुण चीत्कारें आकाश को हिलाती हुईं हवा में फैलने लगीं।

कहीं किसी स्त्री के बाल पकड़ कर खींचता हुआ कोई दस्यु चिल्ला रहा था– "और बनाएगी पूड़ियाँ अपने दामाद दानसिंह को! ...तू विष नहीं दे सकती थी?"

कहीं कोई वृद्ध पिटता हुआ चीखकर कर कह रहा था– "हम क्या करें? कैसे जीवित रहें? ...यदि दानसिंह को भोजन न खिलाते तो वह जीवन-लीला ही समाप्त कर देता। खिला दिया तो तुम तंग करते हो।"

दस्यु क्रोध करता हुआ कह रहा था– "तंग ही नहीं करते, हम तुम्हारे प्राण लेकर जाएँगे। तुमने हमारे शत्रु को भोजन खिलाया है।" कहीं कोई माँ अपने बच्चे को पिटता देखकर चीख-चीखकर प्रार्थना कर रही थी– "मुझे जान से मार दो पर मेरे लाड़ले को मत मारो।"

और फिर वह भी बन्दूक की नली से घायल करके धरा पर गिरा दी गई थी।

कई घण्टों तक गाँव वालों को यमलोक की यातनाओं में तड़पना पड़ा, तब कहीं दस्यु-दल गाँव छोड़कर दक्षिण दिशा की ओर गया।

गाँव वालों ने अपने तन-मन के घावों पर धैर्य की पट्टी बाँधकर ईश्वर से प्रार्थना की– "हे भगवान्! तू ऐसे दिन जीवन में किसी के लिए मत लाना।"

और तभी पुलिस का ट्रक वहाँ आकर रुका। पीछे-पीछे एक जीप थी। उसमें से पुलिस-अधिकारी बाहर आया। सामने जो भी आदमी पड़ गया, उसी में उसने

लात-घूँसे मारे और सिपाहियों को आदेश देकर हथकड़ियाँ पहना दीं। वह चिल्ला रहा था– "सबेरा होने तक तुम सब लोगों की चमड़ी निकाल कर भुस भर दूँगा। तुम लोग मना करने पर भी डाकुओं को अपने घर टिकाते हो, और भोजन देते हो।"

उस अधिकारी को वे कान नहीं मिले थे, जो सत्य की कराह सुन सकते, वे आँखें उसके पास नहीं थीं, जो यथार्थ की भूमि तक पहुँच सकतीं।

कई घण्टों तक गाँव वालों की पिटाई होती रही। फिर कुछ मुख्य लोगों को ठेले में बिठाकर पुलिस अधिकारी वापिस लौट गया।

सबेरा होने पर सूरज ने देखा– सारा गाँव खली हो रहा है। सभी लोग अपने बीबी-बच्चों को लेकर टोलियाँ बनाकर घर छोड़ रहे हैं और अन्यत्र बसने जा रहे हैं। गाय-बैल, भैंसें, बकरियाँ– सब तरह के घरेलू पशु उनके साथ एक काफिला बनकर चल रहे हैं।

संन्यासिनी प्रतिमा ने करौली की ओर जाने का कार्यक्रम बनाया था। मार्ग में उसकी उन लोगों से भेंट हो गई।

कोई कहता था– "हमारा भाग्य फूट गया है। एक डाकू को खाना न खिलाओ, तो वह जान लिए लेता है, खिला दो तो उसका दुश्मन मारने को तैयार हो जाता है। उससे भी बचें तो पुलिस नहीं छोड़ती। क्या करें, कब तक ऐसे जीवन का भार ढोएँ! ...कहीं न कहीं तो यहाँ से जाना ही है।"

दूसरा सिसकियाँ ले रहा था, "हमारे भाग्य में तो यही लिखा है। जब तक जीना है, तब तक इसी प्रकार मरना-कटना है। बीबी-बच्चों का दुख कहाँ तक देखते! कहीं भी जाएँगे, आए दिन के इन अत्याचारों से तो बचेंगे।"

फिर प्रतिमा ने महिलाओं की दुख भरी कहानियाँ सुनीं। बच्चों की दुर्दशा देखकर उसका हृदय गहरी वेदना से छटपटा उठा। उसकी भवुकता आँसू बनकर पलकों पर छा गई। उसने सोचा, 'इन ग्रामीणों को बिना अपराध किए जो कष्ट मिल रहे हैं, उसका अंत करने का कोई मार्ग निकालना ही होगा।'

और सोचती-सोचती वह जंगल की ओर चली गई। अभी सूरज निकला ही था, आकाश का रंग बदल गया था। पूर्व दिशा के सिर में सिन्दूर भरकर उषा पक्षियों के मधुर स्वरों पर बैठी हुई क्षितिज के पार लौटी जा रही थी।

बीस

प्रतिमा उद्विग्न-सी सुनसान जंगल में तीव्रता से चली जा रही थी। उसके पैर हवा से बातें कर रहे थे और मन आश्रयहीन पक्षी-सा आकाश में चक्कर खा रहा था। उसे लग रहा था मानो समस्त धरती पर प्रलय की अग्नि जल उठी है। दीन ग्रामीण जनता के कष्ट उसके लिए असह्य हो गये थे। उसने निश्चय कर लिया था कि या तो मै दानसिंह को बन्दूक छोड़ने के लिए विवश कर दूँगी या स्वयं उसके सामने आत्महत्या कर डालूँगी।

वह बहुत चेष्टा करती थी कि दस्यु-पीड़ित प्रजा का रोदन-हाहाकार उसके कानों से अलग हो जाए, उसे गोली की बारूद से भुनते बच्चों का चीत्कार सुनाई न दे, पर एक क्षण के लिए भी वह उससे मुक्ति नहीं पा सकी थी। लुटते, पिटते और गोलियाँ खाकर मरते बालक-बुड्ढों के छटपटाते चित्र बार-बार उसकी आँखों के आगे आ जाते थे। वह जिन ग्रामों को खाली होता हुआ देखकर आई थी, उनका करुणचित्र उसे सबसे अधिक मर्माहत कर रहा था। अपने पूर्वजों के घरों को छोड़ते समय स्त्रियाँ कितनी गहरी वेदना से सिसक-सिसक कर रोई थीं, यह वह एक क्षण के लिए भी नहीं भूल पा रही थी।

अभी-अभी वह ऊबड़-खाबड़ जंगली भूमि को पार करके जंगल के उदर में फैली टेढ़ी-मेढ़ी पगडण्डी पर आ ही पाई थी कि सहसा उसे सामने करार से उतरता हुआ एक आदमी दिखाई दिया। वह देखने में हट्टा-कट्टा और वेश से विकृत लग रहा था। उसके वस्त्र फटे हुए मैले थे, चेहरे पर दाढ़ी-मूछें बढ़ रही थीं।

प्रतिमा ने निकट पहुँचकर कुछ रुकते हुए प्रश्न किया– "तुम भी कोई दस्यु हो? ...क्षमा कीजिए, आजकल मुझे भला आदमी भी दस्यु ही दिखाई देता है।"

"तुम ठीक सोचती हो...मैं वास्तव में दस्यु ही हूँ। ...क्षमा माँगने की इसमें कोई आवश्यकता नहीं।" आगन्तुक ने सहज भाव से उत्तर दिया।

"दस्यु! और ऐसी भाषा! मुझे अपने कथन पर लज्जा आ रही है। सचमुच मैं आपसे क्षमा चाहती हूँ।" प्रतिमा ने विनम्रता और संकोच से कहा।

"इसमें लज्जा की क्या बात है? ...तुम्हारे वेश से प्रकट है कि तुम कोई संन्यासिनी हो।" –आगन्तुक बोला।

"पर तुम्हारे पास न बन्दूक है, न कोई साथी। ...इस प्रकार अकेले कहाँ जा रहे हो?" प्रतिमा ने जिज्ञासा प्रकट की।

"बन्दूक और साथियों से मुझे अब घृणा हो गई है...वस्तुतः दस्युता के सब उपकरण मेरी मनोवृत्ति के बदल जाने से स्वतः छूट गए हैं। अब मैं इस जीवन और जगत से कहीं बहुत दूर चला जाना चाहता हूँ।"

आगंतुक ने प्रतिमा की जिज्ञासा बढ़ाते हुए कहा।

"तो अब तुम दस्यु-वृत्ति छोड़कर मानव-जीवन की महिमा समझने लगे हो–तुम्हारा नाम क्या है?" प्रतिमा ने पूछा।

"मेरा नाम? ...नाम और रूप दोनों से मुझे घृणा हो गई है। इन्हीं के कारण तो मेरी आत्मा अब तक पीड़ित रही...मैंने सैकड़ों निरपराधों का रक्त बहाया... नाम और रूप की सार्थकता के लिए। ...और जब अपार सम्पत्ति से भी तृप्ति नहीं हुई, तो 'आत्म-बोध' जागा। ...अब मैं क्या हूँ, किस संज्ञा से अपना बोध कराऊँ?" –आगंतुक ने उत्तर दिया।

संन्यासिनी कुछ देर तक स्तब्ध-सी खड़ी कुछ सोचती रही। उसने आज पहली बार अनुभव किया कि अगर आदमी का स्वभाव बदला जा सके, तो उसके काम भी बदले जा सकते हैं। वह हर काम अपनी किसी आवश्यकता की पूर्ति के लिए ही नहीं करता, अपितु उसकी कोई वृत्ति विकसित होकर उससे अच्छे या बुरे काम कराती है। चिन्तन की भूमि का स्पर्श करती हुई वह इस निष्कर्ष

पर पहुँची कि अगर दस्युओं को समझा कर उनकी प्रवृत्तियों में परिवर्तन लाना संभव हो जाय तो जनता के ऊपर होने वाले अत्याचारों की इतिश्री हो सकती है।

आगंतुक ने प्रतिमा को मौन देखकर प्रश्न किया– ''तुम कौन हो? कहाँ जा रही हो?''

''मेरा नाम प्रतिमा है। ...तुम्हें भी अपने नाम से मुझे परिचित तो करा ही देना चाहिए।'' प्रमिमा बोली।

''मैं हजारीसिंह नाम से प्रसिद्ध वही व्यक्ति हूँ,जिसे चतुरी के अत्याचारों ने दस्यु बनने को विवश किया। क्रोध में अन्धा होकर मैं प्रतिशोध से जलता हुआ जनता के रक्त से धरती को रँगता रहा। उसकी श्रम की कमाई को मिट्टी की तरह जंगल में बिखेरता रहा। ...किन्तु अब मैं वह सब नहीं हूँ। वह बन्दूक जिसने मुझे आदमी से हैवान बनाया था, मैंने अब सदा के लिए त्याग दी है। अब मैं सोचता हूँ कि बन्दूक न हुई होती तो मैं भी मनुष्य से राक्षस न हुआ होता। . ..विज्ञान की देन यह बन्दूक दस्यु आतंकित क्षेत्र को ही नहीं, समस्त संसार को भयभीत और त्रस्त कर रही है।'' हजारीसिंह ने आवेश में आकर भाषण का ही सूत्रपात कर डाला।

प्रतिमा बोली– ''आप सच कहते हैं। बन्दूक, अणुबम तथा अन्तर्द्वीपीय अस्त्र–सभी विज्ञान के यश को बढ़ा रहे हैं, पर मानव जाति का यश घटा रहे हैं। विज्ञान का यदि यह विकृत रूप सामने न आया होता तो हम लोग कितने सुखी होते।''

''निःसन्देह! ...विज्ञान ने हमारी दृष्टि में मानवीय गुणों का मूल्य घटा दिया है। जीवन का समस्त वातावरण संशय, घुटन, अनास्था और अस्तित्वभय से दबता जा रहा है। विज्ञान का ही प्रभाव है कि जीवन-स्तर उठाने की चेष्टा में हम बौद्धिक और आर्थिक आधारों पर कला और साहित्य तक का व्यापार करने लगे हैं।'' –हजारीसिंह आवेश में कहता ही जा रहा था।

प्रतिमा आश्चर्य में पड़ी हुई सोच रही थी–यह दस्यु था!

...आज बन्दूक के अभाव में कितना साहित्यिक बन गया है। ...यदि इसे अभी लेखनी दे दी जाए तो निःसन्देह किसी नए वाल्मीकि की आत्मा इसमें प्रवेश कर सकती है। कुछ सम्हल कर वह बोली—"हजारीसिंह! तुम्हें जो वेदना हो रही है मानवता के ह्रास की, वह मुझे भी बहुत समय से पीड़ित किए हुए है। क्या कोई ऐसा मार्ग नहीं हो सकता कि सभी दस्यु तुम्हारे समान ही अपने मानव को पहचान सकें और उन जघन्य कृत्यों से दूर हो सकें जिनसे सैकड़ों निरपराध लोगों की आत्मा पीड़ित है?"

हजारीसिंह उत्तर देना ही चाहता था कि अचानक दायीं ओर से कुछ आदमियों के पैरों की आहट उसके कानों तक आई। वह घबराकर चीख उठा—"प्रतिमा! ...प्रतिमा! मेरी रक्षा करो। यह चतुरी का गिरोह कई दिन से मेरा पीछा कर रहा है। मैं किसी प्रकार बचकर यहाँ तक आ सका हूँ। यदि तुम न मिलतीं तो अब तक सनातन की शरण में पहुँच गया होता।"

चतुरी और सोनी अपने दस्यु-साथियों सहित तब तक निकट आ चुके थे। वे हजारीसिंह की ओर बन्दूक का निशाना लगाना ही चाहते थे कि प्रतिमा उसको अपने पीछे करके चिल्ला उठी—"चतुरी! ...कौन है तुम में से चतुरी! ...मैं उससे प्रार्थना करती हूँ कि वह इस निरीह प्राणी को अब क्षमा कर दे।" चतुरी ने गरजते हुए कहा—"संन्यासिनी! तुम्हारे प्रतिमा नाम ने मुझे चौंका दिया है, मेरी स्थिति विचित्र हो गई है, मैं चाहते हुए भी अपने शत्रु का वध नहीं कर पा रहा! ...तुम मेरे सामने से हट जाओ! ...मेरे राक्षस को इस का रक्त पीकर शान्त हो जाने दो।"

प्रतिमा ने साहस समेटकर फिर कहा— "नहीं दस्यु! ...यह तब तक संभव नहीं जब तक मेरी हत्या तुम न कर दो।"

"तुम्हारी हत्या! ...तुम प्रतिमा हो। सचमुच प्रतिमा! ...संन्यासिनी प्रतिमा ...ओह! तब मैं इसे क्षमा करता हूँ। सोनी! ...साथियो! लौटो पीछे! अब हम लोग हजारीसिंह का वध नहीं करेंगे। जाओ हजारीसिंह! ...स्त्री की शरण लेकर तुमने आज अपने प्राण बचा लिए। ...अब मैं तुम्हें फिर किसी दिन स्वर्ग की यात्रा कराऊँगा।"

और फिर संन्यासिनी ने देखा कि चतुरी अपने गिरोह-सहित पीछे लौट चला है।

तभी बाईं ओर से आवाज आई– "कितनी खोज के बाद आज दुश्मन से भेंट हुई है। ...चतुरी? कायरता दिखाकर कहाँ भागे जा रहे हो? तुम्हें मालूम है, मैं तीन दिन से बराबर तुम्हारा पीछा कर रहा हूँ।"

संन्यासिनी और हजारीसिंह ने आश्चर्य के साथ देखा कि एक दूसरा दस्यु दल क्रोध में भरा हुआ उसी ओर चला आ रहा है।

चतुरी ने भी मुड़कर उसे देखा। फिर अपने साथियों को सचेत किया और दोनों ओर बन्दूकें तन गईं। चतुरी बोला–"दानसिंह! तुम चतुरी और सोनी के पराक्रम से परिचित हो, फिर भी झूठा अहंकार जागा है, तो सम्हाल लो अपनी बन्दूकें।"

संन्यासिनी ने सोचा कि अभी क्षण भर में ही नर-संहार की भयंकर लीला प्रारम्भ हुई जाती है और उस लीला के पश्चात् पुलिस आयेगी, निकट के गाँव वाले कष्ट पायेंगे। वह दौड़कर ऐसे स्थान पर जा खड़ी हुई जहाँ से गुजरे बिना दानसिंह की गोली चतुरी तक या चतुरी की गोली दानसिंह तक नहीं पहुँच सकती थी। बोली– "दानसिंह! तुम्हारे दल का नियम है कि कोई भी नारी पर हाथ नहीं उठायेगा। स्मरण है तुम्हें?"

"स्मरण है संन्यासिनी! तुम फिर मेरे सामने आ गईं। मैं तुमसे कहता हूँ कि यहाँ से भाग जाओ। आज मेरा क्रोध चतुरी को जीवित नहीं छोड़ सकता।"

"किन्तु मैं भी तुम्हारे नियमों के टूटे बिना चतुरी को मरने नहीं दे सकती।" प्रतिमा ने साहस प्रकट किया।

"एक दुर्दान्त दस्यु की रक्षा के लिए इतना साहस? ...यह अनुचित है। ..पाप है। ...संन्यासिनी! तुम्हारी समस्त साधना कलुषित हो जाएगी।" –दानसिंह ने समझाया।

प्रतिमा बोली– "चतुरी अब इतना दुर्दान्त नहीं, जितना तुम समझते हो। ...उसमें मानव जाग उठा है। उसने अपने शत्रु हजारीसिंह को क्षमा किया है। .

..देख रहे हो इस शस्त्र-हीन पुरुष को?"

"यह हजारीसिंह है? ...यह भींगी बिल्ली बना हुआ हजारीसिंह!" – दानसिंह ने उपेक्षा-भरी दृष्टि डालते हुए कहा।

चतुरी की तनी हुई बन्दूक दानसिंह की बातों का मर्म नहीं समझ पा रही थी। वह जड़ यंत्र जो ठहरा। विवेक उसकी जड़ता से लुप्त हो जाता है, तब जो बुद्धि जागती है, वह हृदय का साथ छोड़कर जड़ता का ही अनुसरण करती है। चतुरी भी अपनी पशु-प्रवृत्तियों के अभ्यास-वश दानसिंह से संघर्ष लेने को अधीर हो रहा था। बोला– "वीरता का दम्भ करते हो दानसिंह! ...शक्ति हो, तो बन्दूक से गोली पार होने दो और देखो कि किस प्रकार चतुरी की गोली तुम्हारे वक्ष को भाड़ बनाती है।"

प्रतिमा हतप्रभ हो रही थी। उसे लगता था कि उसकी बातों का कोई भी प्रभाव स्थायित्व न पा सकेगा और व्यर्थ में दोनों ओर से गोली-वर्षा होगी, दोनों की दानवी वृत्तियों को उत्तेजना मिलेगी, जिससे वे कई दिन तक घायल शेर की तरह आस-पास के गाँवों को तंग करेंगे। वह चाहती थी कि किसी प्रकार दोनों के हृदय में उन सब कुकृत्यों के प्रति घृणा जगाई जा सके जो वे अब तक करते रहे हैं। ईश्वर ने उसकी सद्भावना में साथ दिया! अचानक पश्चिम दिशा से एक संन्यासी आता दुष्टगोचर हुआ। वह दूर से ही चिल्ला उठा–"चतुरी! मैंने शेरों से तुम्हारी प्राण-रक्षा इसलिए नहीं की थी कि तुम एक संन्यासिनी की बात न मानो! सावधान! तुम दोनों के दलों का संघर्ष जिस हिंसा को जन्म देगा, वह तुम लोगों को तो खा ही जाएगी, उस समाज में भी स्थायी हिंसा-वृत्तियाँ जागृत करेगी, जिसने तुम्हें अब तक भोजन-वस्त्र दिये हैं, तुम्हारे हाथों में वह बन्दूक पकड़ाई है।"

दोनों दल सावधान होकर देख रहे थे कि वह संन्यासी बहुत साहस से तना हुआ उनकी ओर चला आ रहा है। उसका शरीर भस्म-मण्डित है और कमर से मृग-चर्म कसा हुआ है। पैरों में काठ की चट्टियाँ चट-पट बोलतीं उसे उड़ातीं-सी ला रही हैं। पास आकर बोला– "चतुरी! मुझे पहचाना या नहीं?"

चतुरी का ध्यान अतीत की ओर तभी मुड़ गया था, जब उसे संन्यासी ने शेरों से रक्षा की याद दिलाई थी। उसने आतुरता से बन्दूक एक ओर रख दी और संन्यासी के चरणों में प्रणाम करने को झुक गया। दानसिंह को इस घटना से बहुत आश्चर्य हुआ। उसने कहा– "संन्यासी! तुम कौन हो? ...तुम्हारा प्रभाव अद्भुत है। चतुरी जैसे पापी दस्यु को तुमने श्रद्धा-भाव में डुबो दिया।"

संन्यासी ने कहा– "मेरा तो कोई परिचय नहीं। ...संन्यासी जो ठहरा। मैं अपना नाम-रूप-गत भेद नहीं जानता। समस्त जगत में मैं "अहं" रूप में ब्रह्म का साक्षात्कार करता हूँ। तुम भी मेरे ही एक रूप हो। अन्तर यही है कि मैंने यह बात समझ ली है और तुम इसे जानते नहीं। मुझे दुख है कि मेरा ही रूप होने पर भी तुम मेरे जैसा आचरण नहीं करते। तुमने अपने स्वरूप से भिन्न आचरण स्वीकार किया है।"

दानसिंह की धार्मिक वृत्ति को जैसे दीर्घ काल के पश्चात् पोषक तत्त्व मिला। बोला– "तुम्हारी बात में अद्भुत जादू है। तुमने मेरे भीतर एक नये मनुष्य को जगा दिया है। ...सचमुच मैं तुमसे अपनापन अनुभव करने लगा हूँ।"

"किन्तु मैं तो संसार भर से अपनापन अनुभव करता हूँ। मैं अपने स्वरूप में संसार के स्वरूप से कोई अन्तर नहीं करता। सभी जीवधारी मेरे ब्रह्म के ही रूप हैं। तुम ऐसा नहीं मानते, तो मुझे ही अपना कैसे मानते हो?" संन्यासी ने पूछा।

चतुरी एक ओर खड़ा दोनों की बातचीत सुन रहा था। दोनों ओर के दस्यु-गण स्तंभित हो रहे थे। संन्यासिनी और हजारीसिंह के हृदय अभूतपूर्व उल्लास में निमग्न होते जा रहे थे।

दानसिंह बोला– "बाबा! आपकी बातें मेरे भीतर एक ऐसी प्रतिक्रिया पैदा कर रही हैं कि मैं बन्दूक फेंक कर आपका दास हो जाना चाहता हूँ।"

"नहीं, दास-भाव की आवश्यकता नहीं। मेरी बातों की सच्चाई में अगर तुम्हें विश्वास है तो तुम हर जीव को अपना की रूप मानो। जिस प्रकार तुम कभी अपने शरीर पर बन्दूक चलाने की इच्छा नहीं करते, उसी प्रकार अन्य किसी पर भी

बन्दूक मत चलाओ, किसी की हत्या मत करो। समझते हो, हत्या किसी की हो, अपनी या पराई, सबसे बड़ा पाप है। तुम, हम, सब, जिस धरती पर पैदा हुए हैं, उसे प्रकृति ने कितने वैभव से सजाया है, हमारे-तुम्हारे लिए उसे कितनी सुषमा से भरा है!

''तुम अपने क्रोध में उस पर आग मत बरसाओ, रक्त की नदियाँ बहाकर हिमालय को लज्जित मत करो। वह सदा शीतल जल की धार छोड़ता है, धरती को गंगा देता है, तुम उसे रक्त धारा मत दो।''

चतुरी और दानसिंह दोनों संन्यासी की बातें ध्यान से सुन रहे थे।

चतुरी बोला– ''सनातम बाबा! करौली के जंगल में आपने सिंह जैसे हिंसक जानवरों को जब अपने वश में कर रखा है, तब हम तो मनुष्य हैं। हम पर आपकी बातें जादू की तरह प्रभाव डाल रही हैं। आप आज्ञा दीजिए, हम वही करें, पर... ।''

चतुरी की बात पूरी भी न हो पाई थी कि दानसिंह ने अपनी बन्दूक बाबा सनातन के चरणों में रख कर शीश झुकाया और फिर खड़ा होकर बोला– ''आज से मैं प्रतिज्ञा करता हूँ कि कभी भी जीव-हिंसा नहीं करूँगा। ...साथियो! तुम भी मेरे निश्चय का अनुसरण करो।''

देखते-देखते उसके सभी साथियों ने भी बाबा सनातन के चरणों में बन्दूकें रखकर सिर झुकाया और उसी प्रकार प्रतिज्ञा दुहराई।

बाबा बोला– ''मैं समझता हूँ, तुम सब मानव-जीवन के सबसे बड़े सत्य के निकट पहुँच चुके हो। अब तुम्हें जीवन-मरण की चिन्ता भूलकर उस समाज के नियमों और कानूनों का पालन करना चाहिए जिसमें तुम पैदा हुए, पले और जीवित रहे हो।''

दानसिंह और उसके साथी एक स्वर में बोले– ''हम सब उसके लिए तैयार हैं। आप आज्ञा दें।''

''तुमने मेरे सम्मुख आत्म-समर्पण किया है। मैं चाहता हूँ कि अब तुम सब लोग समाज के नियम-संरक्षकों के सामने मेरे साथ चलो और साहस से कहो कि

हम आत्म-समर्पण करते हैं तथा अपने अतीत अवराधों के लिए दण्ड चाहते हैं।" बाबा ने समझाया।

"यही होगा...यही होगा। आप हमें अपने साथ ले चलिए।" –सभी दस्यु दानसिंह के साथ स्वर मिलाकर चिल्ला उठे।

अब बाबा सनातन ने बड़े उल्लास से भरी एक दृष्टि संन्यासिनी की ओर डाली। वह सिर झुकाए हृदय-गत उल्लास में डूबी हुई खड़ी थी। बाबा ने फिर चतुरी के गिरोह की ओर देखा। चतुरी उसके मन का भाव समझकर बोला– "बाबा! मैं भी आज से जीव-हत्या नहीं करूँगा। यह लो, बन्दूक यह पड़ी है। साथियो! तुम भी अपनी बन्दूकें फेंक दो! ...किन्तु, एक बात में मेरा मन सहमत नहीं। मैं आपके साथ समाज में नहीं जा सकता। मैंने पाप किए हैं, उनकी ग्लानि मेरे पैरों में बेड़ी बन गई है।"

बाबा ने पूछा– "तब तुम क्या करोगे?"

"यहीं वन में रहूँगा, ईश्वर का भजन करूँगा।" –और कहते-कहते वह चुपचाप वहाँ से चल दिया। उसके सभी साथी वहीं स्तब्ध खड़े रहे। कुछ क्षण पश्चात् वे सब एक-एक करके बाबा के चरणों में झुकने लगे।

संन्यासिनी देख रही थी, उसका स्वप्न पूरा हो रहा है। आकाश का रंग इस अद्भुत घटना से बदल चला था। हवा में भी एक विचित्र हलचल पैदा हो गई थी। पक्षी अपने-अपने नीड़ों को लौटने लगे थे। धीरे-धीरे एक नए नक्षत्र लोक का उदय प्रारंभ हो गया था। लगता था, जड़ प्रकृति भी मानव के हृदय-परिवर्तन पर अद्भुत उल्लास लुटा रही है।

इति

इक्कीस

शेषनाग नदी प्रतिमा का साथ नहीं छोड़ रही थी। इधर-उधर भागने की राह न पाकर वह घूम-फिर कर उसी के किनारे आ जाती थी। कभी भावावेश में आकर रुक जाती थी और कभी फिर चल पड़ती थी। हिम-शिखरों का समस्त वातावरण उसमें एक अद्‌भुत उन्माद उत्पन्न कर रहा था। वह बहुत चेष्टा करती थी, किन्तु संन्यासी चन्दन की आवाज उसके कानों का पीछा नहीं छोड़ रही थी। सहसा उसने अनुभव किया कि वह आवाज बहुत निकट आ गई है। पीछे मुड़ी, देखा तो कोई नहीं है। कुछ और आगे बढ़ी तो उसे एक पुरुष छाया-सा बर्फ पर फिसलता नजर आया। उसकी उत्सुकता बढ़ गई और वह दो क्षण में ही उसके निकट जा पहुँची। देखा, एक पुरुष बर्फ पर पड़ा छटपटा रहा है।

प्रतिमा ने पूछा– ''कौन हो तुम?'' पुरुष को यह अनुमान भी नहीं था कि कभी कोई व्यक्ति उसके पास वहाँ तक आ सकता है। वह अपने शरीर की शिथिलता को झकझोरता हुआ बहुत चेष्टा करके खड़ा हुआ और बोला– ''भद्रे! मैं कौन हूँ, क्या बताऊँ? ...बस, यही समझो कि एक समाजद्रोही हूँ और

आत्म-ग्लानि में गल कर यहाँ हिम-समाधि लेने आया हूँ।''

प्रतिमा का आश्चर्य दूना हो गया। बोली– ''तुम्हारे ये शब्द मुझे तुम्हारा परिचय जानने के लिए अधीर कर रहे हैं। ...जल्दी बताओ कि तुम कौन हो और किस समाजद्रोह की आत्म-ग्लानि तुम्हें पीड़ित कर रही है।''

पुरुष अतीत की स्मृतियों से स्पन्दित होकर रो पड़ा। बहुत देर तक उसकी हिचकी बन्द न हुई। प्रतिमा उसे सहानुभूति देती हुई बोली– ''तुम पुरुष हो अपराध करना तुम्हारी प्रवृत्ति नहीं है, इसलिए भूल में यदि तुमसे कोई अपराध हो गया हो, तो उसके कारण इतनी भयंकर वेदना में क्यों गलते हो? आत्म-संशोधन करो और भविष्य में सत्कर्म करके अपने पूर्व-कृत पाप-कर्म से मुक्ति पाओ।''

पुरुष बोला– ''आप ठीक कहती हैं, किन्तु मेरे अपराध ऐसी सीमा पर पहुँच चुके हैं, जहाँ से पीछे लौटने की कोई राह नहीं है।''

''तो मैं भी सुनूँ न, तुम्हारे वे अपराध। कहाँ से आ रहे हो तुम...'' प्रतिमा बोली।

''तुमने दस्यु-आतंकित चम्बल घाटी के विषय में समाचार-पत्रों में पढ़ा होगा। मैं उसी क्षेत्र का रहने वाला एक व्यापारी हूँ। हम दो भाई थे। दोनों व्यापार के नाम पर वहाँ पाप का धन कमाते थे। ब्लैक में लोहा, चावल, चीनी, कपड़ा आदि बेच कर हम लखपति बने। स्वाभिमानी पुरुषों को हमने छोटे-छोटे झगड़ों में भड़काया। पुलिस के अल्प-वेतन भोगी कर्मचारियों को धन का लालच देकर कर्तव्य-पालन से विमुख किया। हमारी बड़ी-बड़ी रिश्वतों ने ईमानदार अधिकारियों तक को भ्रष्ट कर दिया। कानून जिसे अस्वीकार करता था, वह हमने किया और दूसरे लोगों से कराया। दस्यु-आतंकित क्षेत्र में रह कर भी हम निर्भय हो जीवन से आनन्द लूटते रहे। हमारी आँखों पर अविवेक का चश्मा चढ़ा हुआ था, अतः हम समय की गति को न समझ सके। सृष्टि के नियामक के अधिकारों के साथ हमने खेल किया। यह सब हमारा समाज-द्रोह था...ईश्वर-द्रोह था। मेरे भाई को शत्रु पकड़ ले गये और निर्दयता से मृत्यु के घाट उतार दिया। और...और मैं...'' कहते-कहते उसका कण्ठ रुक गया। सारे शरीर में उसे एक विचित्र निर्जीवता का अनुभव हुआ।

प्रतिमा उसकी वेदना को समझ कर बोली– "तुम्हारी आत्म-ग्लानि सचमुच बड़ी भयंकर है। मुझे तुमसे पूर्ण सहानुभूति है। क्या तुम यह बता सकते हो कि वह दस्यु-राज जिसने तुम्हारे भाई का वध किया था, अब कहाँ है? ...क्या नाम था उसका? ...चतुरी ही न?"

पुरुष बोला– "हाँ वह चतुरी ही था। ...चम्बल-घाटी के प्रमुख दस्यु दानसिंह ने जब अपने साथियों के सहित बाबा सनातन के सामने आत्म-समर्पण किंया, तब वह भी वहाँ था, किन्तु उसने समर्पण नहीं किया। बाद में सुना गया कि उसने आत्म-हत्या कर ली है।"

प्रतिमा बोली– "यह बात सत्य नहीं है। मुझे लगता है वह हिमालय पर भाग आया है...उसका भी हृदय-परिवर्तन हो गया है।"

पुरुष ने जिज्ञासा से पूछा– "तुम्हें यह कैसे पता चला?"

"मैंने उसे अभी कुछ समय पूर्व इसी मार्ग पर देखा था।" प्रतिमा बोली।

पुरुष की जिज्ञासा जाग उठी थी। बोला– "क्या सच कहती हो?... तो मैं जीवित रहूँगा। ...उसकी बलि हिमालय को चढ़ा कर ही मैं हिम-समाधि लूँगा। जीवन भर मैं कहीं भी नहीं हारा, धन ने मेरी सर्वत्र रक्षा की, केवल चतुरी ने अपने कुकृत्यों से मुझे पराजित किया है। उसने मेरे भाई की हत्या करके मुझे विक्षिप्त-सा बना दिया है। उसका वध करके आत्म-तोष प्राप्त होगा, फिर मैं सुख से मर सकूँगा।"

प्रतिमा ने समझाते हुए कहा– "पुरुष! तुम्हारा समस्त जीवन पाप-कर्म में बीता, उसका फल तुमने पा लिया है। अब तुम अपनी मृत्यु को भी कलंकित करना चाहते हो। चतुरी जब तक दस्यु रहा, तुम उसका कुछ न बिगाड़ सके, किन्तु जब वह अपने दानव को तिरस्कृत कर मानव बन गया है, तुम उसका वध करने को अधीर हो उठे हो। यह तुम्हारा दुस्साहस है।" उत्तर में पुरुष कुछ कहना चाहता था कि तब तक किसी की आवाज निकट आती सुनाई पड़ी। प्रतिमा ने मुड़कर देखा, चंदन पागल की तरह "प्रतिमा! प्रतिमा!! चिल्लाता" उसकी ओर चला आ रहा है। पुरुष भी सावधान होकर खड़ा हो गया। बोला– "कौन है यह जो प्रतिमा को बुला रहा है?"

"चन्दन...संन्यासी...मेरा प्रियतम!" प्रतिमा आवेश में आ चुकी थी।

"चन्दन! तुम्हारा प्रियतम? और तुम्हारा क्या नाम है?" पुरुष ने जिज्ञासा प्रकट की।

"मैं प्रतिमा हूँ...संन्यासिनी प्रतिमा...जिसने चम्बल घाटी में शान्ति स्थापित करने के लिए बाबा सनातन की सहायता से आत्म-समर्पण कराया।" प्रतिमा बोल उठी।

तब तक चन्दन निकट आ चुका था। प्रतिमा के कंधे पर पड़े उत्तरीय को झटक कर बोला– "प्रतिमा! मेरी प्राणाधार प्रतिमा!! ...मैं तुम्हारे लिए ही हिमालय पर आया, नहीं तो दानसिंह के साथ आत्म-समर्पण कर देता। तुम्हें पाने के लिए ही अब तक जीवित हूँ। इतनी निर्मम बनकर तुम मुझे छोड़े जा रही हो? ...क्या ईश्वर की सृष्टि के साथ द्रोह करने वाले पापी को तुम्हारे स्नेहांचल में भी शरण न मिलेगी?"

कहते-कहते चन्दन सिसक उठा था। पुरुष की जिज्ञासा बढ़ती ही जा रही थी। बोला– "दानसिंह के साथ आत्म-समर्पण न करके केवल एक चतुरी ही भागा था। क्या तुम्हारा कथन असत्य नहीं?"

प्रतिमा ने स्पष्ट किया– "नहीं पुरुष! ...यह सत्य है। वह चतुरी ये चन्दन ही थे। इन्होंने अपना नाम बदल लिया था; ऐसा मैंने इनके दस्यु-जीवन के अन्तिम क्षणों में ही अनुभव किया।"

चन्दन चौंक पड़ा– "तुमने समझ लिया था...मुझे वहाँ पहचान लिया था?"

"नहीं, एक शंका मात्र मेरे हृदय में उस समय जगी थी, जब तुम मेरा नाम सुनकर हजारीसिंह को क्षमा करके वापिस चल दिये थे। हिमालय पर संन्यासी के वेश में तुम्हें देखकर और तुम्हारे मुख से दस्यु-जीवन की कहानी सुनकर मेरी वह शंका पुष्ट हो गई थी।" प्रतिमा ने उत्तर दिया।

पुरुष ने आश्चर्य से कहा– "तुम चतुरी हो और इस संन्यासिनी को प्यार करते हो? ...संन्यासिनी! तुम भी विचित्र हो, तुमने बन्दूकधारी चतुरी को हृदय देकर जड़ से चेतन बना दिया है, शुष्क निर्गन्ध काष्ठ को अपनी सहानुभूति से

सींचकर वास्तव में चन्दन कर दिया है। अब मैं इनका वध नहीं करूँगा। लो यह फेंकता हूँ अपनी पिस्तौल जो मैंने अपनी कमर में अब तक छिपा रखी थी, इस आशा से कि कहीं चतुरी मिल गया तो उसका वध करके अपने भाई का प्रतिशोध लूँगा।'' पिस्तौल फेंकते हुए उसने कहा ''प्रतिमा! तुमने अपनी साधना से चम्बल घाटी की भूमि को मानवीय गुणों से सींचा है, तुमने उसमें मानवता के बीज बोये हैं। मैं तुम्हारे प्रेम की रक्षा में समस्त मानव-जाति की रक्षा मानता हूँ।''

चन्दन ने जिज्ञासा से पूछा– ''पुरुष, क्या तुम हरदयाल के भाई रामलखन हो?...''

पुरुष ने स्वीकार करते हुए कहा– ''मैं ही हूँ वह पापी जिसके भाई को मारने का तुम्हें अवसर मिला। किन्तु...किन्तु अब मेरी नियति बदल गई है। मेरा विवेक मेरे गत जीवन से घृणा कर रहा है। ...मैंने भी उतना ही पाप किया है, जितना तुमने! ...तुमने शासन के कानून को बन्दूक हाथ में लेकर तोड़ा था, मैंने पैसा हाथ में लेकर। ...समाज के साथ दोनों ने समान अन्याय किया है'' कहते-कहते रामलखन फिर सिसकने लगा था।

दो क्षण तक चन्दन और प्रतिमा स्तब्ध होकर विचार के प्रवाह में बहते रहे। फिर उन्होंने हिमालय के सीमा-हीन विस्तार पर एक दृष्टि डाली।

इस समय पूर्व दिशा में बालारुण उदय हो रहा था। सुनहरी किरणें ज्योति-चूर्ण भरकर हिम-धवल शिखरों पर बिखेरने लगी थीं। समस्त प्रकृति नव-जीवन के उल्लास में भरकर मुक्त आकाश के विराट नील मण्डल में नृत्य कर उठी थी।

प्रतिमा बोली– ''चलो पुरुष, मेरे चन्दन के साथ आगे बढ़कर इस ज्योति-देव का स्वागत करो। यह पश्चात्ताप का समय नहीं, नव-जागरण की बेला है। आओ, हम लोग सृष्टि को अपने विवेक से नई आस्था और जीवन का नया विश्वास देने फिर समाज में चलें।'' और प्रकृति ने प्रसन्न होकर देखा– वे तीनों छायाएँ पुनः समाज की ओर लौट रही हैं। प्रतिमा कहती जा रही थी– ''चन्दन! तुमने विज्ञान का दुरुपयोग किया और रामलखन ने अर्थ का...धन का! इसलिए

जीवन में विनाश-लीला आरम्भ हुई। ...मैं नारी हूँ...कला हूँ...मैंने तुम दोनों को जो मार्ग बताया, वह जीवन के शृंगार का– आनन्द का मार्ग है। आओ, हम सब मिलकर विज्ञान और अर्थ-व्यापार को भी स्नेह की कला से परिपूर्ण कर मानव-जीवन को मंगलमय बनाएँ।"

दोनों पुरुष चुपचाप प्रतिमा के पीछे चलते हुए उसकी बातों का सत्य समझ रहे थे। अब तक जीवन का जो मार्ग उन्हें अंगारों से भरा अनुभव होता था, वह आज अचानक शीतल हिम का सुख देने लगा था...और उस सुख में डूबी तीनों छायाएँ आगे बढ़ती जा रही थीं।